Enquête au collège

Jean-Philippe Arrou-Vignod

Enquête au collège

Illustrations de Serge Bloch

GALLIMARD JEUNESSE

1
L'interro

Il y a des jours où il vaudrait mieux rester au lit.

Je ne dis pas ça par amour pour les polochons de l'internat. Quand la cloche a sonné, ce matin, j'ai cru un instant que j'avais été transformé en sardine à l'huile marinant dans une boîte de fer-blanc. La vision de mes pieds nus dépassant des barreaux ne m'a rassuré qu'à moitié : j'étais bien Rémi Pharamon, pensionnaire de 4e2 au collège Chateaubriand, et rien, pas même la dégringolade de livres sur ma tête à l'instant où j'essayais d'attraper ma montre, ne pouvait me sauver de l'interro de sciences-nat.

Naturellement, je suis arrivé bon dernier dans la cour. Il faisait un froid de canard, un de ces petits matins de mars qui semblent faits tout exprès pour le plaisir des pions. Le nôtre soufflait doucereusement sur son café, bien à l'abri derrière la vitre embuée du réfectoire, tandis que le conseiller d'éducation, du haut de la galerie, semblait commander au sifflet l'évacuation du *Titanic*.

— Toujours aussi ponctuel, Pharamon ! aboyat-il. Rejoignez votre division au trot !

« Division » est le mot qu'il emploie pour dire « classe ». M. Guillemet, notre conseiller d'éduca-

tion, a dû être général de cavalerie dans une vie antérieure. Les jambes en fer à cheval, le menton tendu comme pour tirer sur une bride invisible, il parcourt les couloirs à l'heure des interclasses, claquant la langue sous sa moustache en un curieux « clop-cataclop » qui vous donne la chair de poule.

J'accélérai le pas, tâchant de finir un reste de tartine et de me remémorer ce que je pouvais bien savoir de la reproduction des vertébrés. Peine doublement perdue : le pain du réfectoire, c'est comme le chewing-gum, les bulles en moins. La confiture me dégoulinait du menton, poissait le cahier de sciences-nat que j'avais péniblement tiré de mon cartable pour une ultime révision. Impossible, de toute manière, de déchiffrer les hiéroglyphes qu'il contenait… Seul restait bien visible dans la marge un croquis de M. Maillot en pendu.

Les autres, déjà rangés devant la classe, me regardaient d'un air narquois. Les filles surtout, les joues bien roses du bon petit déjeuner qu'elles avaient pris chez elles, et l'air suffisant de celles qui savent tout sur la gestation de la femelle chinchilla.

Eulalie Bontemps, mon ennemie personnelle, tortillait une natte autour de son index en se récitant quelque chose. D'habitude, j'ignore les filles, et tout spécialement celles qui font du latin. Mais Eulalie Bontemps n'est pas une fille… Elle porte un appareil dentaire, s'assied toujours au premier rang, couvant les profs d'un sourire d'extase parce que certains d'entre eux jouent au tennis avec son père. Le mieux, c'est en sciences-nat, justement, avec les becs Bunsen : elle allume le sien comme on allume un cierge, transformant son bureau en un petit autel à la gloire de M. Maillot.

Elle et P. P. sont un cauchemar pour des élèves comme moi, qui oscillent difficilement entre le *juste moyen* et le *franchement nul*. P. P., c'est Pierre-Paul de Culbert, dit « P. P. Cul-Vert », la somme des vertus de ce monde et le rival numéro un d'Eulalie Bontemps. Si au moins j'avais pu m'asseoir à côté de lui… Mais P. P. cache toujours sa feuille sous son bras aux contrôles ; et de toute façon, je m'en souvins brutalement, il devait dormir douillettement à cette heure-ci, dans le petit lit bien chaud de l'infirmerie, tandis que je m'escrimais à disputer au vent les feuilles qui ruisselaient de mon classeur.

Décidément, c'était une mauvaise journée qui commençait.

– Il paraît que tu as treize ans aujourd'hui ?

susurra alors derrière moi la voix abhorrée d'Eulalie Bontemps. Je te souhaite un très très heureux anniversaire, Rémi…

Le pire est qu'elle était sincère. Si le prof n'avait pas surgi à cet instant, agitant au-dessus de sa tête un gros trousseau de clefs, je crois que je l'aurais giflée.

2
Le crime

Plus d'espoir désormais d'échapper au contrôle. M. Maillot avait évité comme par miracle les pannes de voiture, jambes cassées et fièvres foudroyantes dont nous avions en imagination semé sa route jusqu'au collège. Ma copine Mathilde me fit un petit signe de la main qui voulait dire « Tant pis ! » et nous nous apprêtâmes, le cœur serré, à entrer en classe.

Mais que se passait-il ? M. Maillot avait beau fourrager dans la serrure, la porte ne s'ouvrait pas.

– Brouf ! Humpf ! grognait-il, emmitouflé dans son épais manteau. Comprends pas… Ont changé les serrures ou quoi…

Chacun de ses tours de clef ébranlait la petite vitre en verre dépoli qui surmonte la porte. En vain cependant : celle-ci résistait vaillamment, encouragée par la complicité muette de toute la classe. Quand je dis « toute la classe », je me trompe : Eulalie Bontemps avait l'air inquiet.

— Voulez-vous que je tienne votre serviette, monsieur ? Vous serez plus à l'aise, dit-elle.

Très rouge, le collier de barbe hérissé comme le poil d'un chat en colère, M. Maillot essaya toutes ses clefs une à une, soufflant par le nez et les lunettes en équilibre sur le front. Le spectacle était vraiment réjouissant. Je jetai un discret coup d'œil à ma montre : dix minutes déjà de perdues, nous n'aurions sans doute plus le temps de faire l'interro…

— Eh bien ! ici, que se passe-t-il ? lança M. Guillemet qui accourait au trot, suivi comme son ombre par le petit pion. Ah ! c'est vous monsieur Maillot. Un problème avec la porte de votre salle ? Laissez-moi faire. Ces serrures sont un peu susceptibles, avec le froid qu'il fait en ce moment.

Il s'empara du trousseau, écarta les curieux et tourna doctement la clef.

La porte ne voulut rien savoir.

— Étrange, fit-il. Il doit y avoir quelque chose qui bloque derrière. Je vais entrer par la 21.

Les deux salles de sciences-nat, la 20 et la 21, ont une porte de communication. M. Guillemet, suivi de toute la classe, passa donc dans la salle voisine, heureusement inoccupée à cette heure et, à l'aide de son passe-partout, déverrouilla la porte intérieure.

À peine l'eut-il ouverte qu'il eut un haut-le-cœur horrifié.

– Reculez, reculez tous ! ordonna-t-il, faisant un barrage de ses bras grands ouverts. Chopinot, emmenez les élèves de M. Maillot en permanence et courez chercher l'infirmière.

À la mention de l'infirmière, il y eut un murmure parmi les filles. Chacun se poussait pour essayer de voir quelque chose par la porte entrebâillée. J'ai la chance d'être plus grand que les autres. En jouant un peu des coudes, je glissai un œil par-dessus l'épaule de M. Guillemet, et ce que je vis dépassait tout ce que j'aurais pu imaginer !

– Incroyable ! dit Mathilde Blondin qui s'était glissée au premier rang avec son agilité coutumière. Qu'a-t-il bien pu se passer ici ?

La salle 20, *notre* salle de sciences-nat, n'était plus qu'un paysage de désolation. Seul l'intérieur de l'armoire de P. P. Cul-Vert, et encore, peut donner l'idée d'une plus grande pagaille.

Tout était par terre : les fioles d'expériences, les alambics, les tubes à essai et tous les trucs en

verre, pulvérisés, en miettes sur le sol. Les vitrines de collection de M. Maillot, elles aussi, avaient subi le passage d'un cyclone.

— Mes fossiles ! Mes squelettes de rongeurs ! Mes bocaux ! bégayait-il en découvrant peu à peu l'ampleur du carnage.

Une odeur épouvantable montait des flacons brisés où il conservait, comme des poires dans la liqueur, d'horribles machins morts. Un flacon d'encre s'était répandu sur les planches d'anatomie, des livres jonchaient l'estrade, c'était un vrai désastre !

À ce moment-là, le coude de Mathilde me broya les côtes.

— Regarde ! cria-t-elle dans mon oreille.

Au même moment, M. Guillemet parvenait enfin à contenir la poussée des curieux et refermait la porte sur lui.

Trop tard cependant pour m'empêcher de reconnaître, gisant contre le chambranle de l'autre porte, celle qui donne sur la cour, le corps inanimé de M. Cornue, le préparateur de sciences naturelles…

Nous fûmes aussitôt dirigés vers la permanence.

3
Déception

Inutile de dire qu'on n'y travailla guère. Tout le monde ne parlait que du « crime de la salle 20 », comparant ce que chacun avait vu et multipliant les détails fantasmagoriques.

Il ne se passe jamais rien au collège Chateaubriand. C'est un vieux bahut en pierre, plutôt sinistre et poussiéreux malgré son nom. Le seul événement est la coupe de football, que nous gagnons assez régulièrement. Cette année, je n'avais pas pu jouer le dernier match, à cause d'un rhume idiot, et notre équipe s'était fait éliminer dès le deuxième tour. Bref, l'affaire de ce matin faisait l'effet d'un coup de tonnerre dans la monotonie de cette fin de trimestre.

Avec Mathilde, nous nous étions mis un peu à l'écart, à une table du fond d'où nous pouvions surveiller ce qui se passait dans la cour.

Il y avait eu d'abord un défilé des huiles dans la salle de sciences-nat : le principal tout essoufflé, Mme Lelong, son adjointe, les bras levés au ciel, l'intendante, enfin M. Mollette, concierge et homme à tout faire du collège, son éternelle casquette vissée sur le crâne.

Des profs qui arrivaient pour les cours de neuf heures faisaient à leur tour un cercle de curieux autour de la porte entrebâillée. Toute la permanence, collée aux fenêtres, vit enfin apparaître la victime, M. Cornue, soutenu par le conseiller d'éducation et le principal.

– Ouf ! murmura Mathilde. Seulement assommé, j'aime mieux ça…

C'est vrai, M. Cornue est un chic type. Entre nous, on l'appelle « professeur Alambic » à cause de son air ahuri et de ses blouses tachées d'acide. Il habite une petite chambre au-dessus de l'internat, prépare les expériences et ne rechigne jamais à nous donner un coup de pouce pour les devoirs de chimie.

Naturellement, j'étais soulagé de le voir sain et sauf. Et cependant, je ne pus réfréner une certaine déception lorsqu'il sortit de la salle de sciences sur ses deux jambes. Un crime sans cadavre, c'est comme une année scolaire sans

coupe de football. Pour une fois que nous en avions un, un vrai crime bien à nous ! Du moins avions-nous échappé à l'interro fatidique… C'était déjà ça.

— J'y pense ! dit soudain Mathilde en se tapant le front de la paume. Comment l'assassin a-t-il pu sortir de la salle ?

— Quel assassin ? personne n'a été tué.

— M. Cornue a bien été attaqué, tout de même.

Je doute aussi qu'il ait saccagé lui-même la salle par plaisir.

L'ennui, avec Mathilde, c'est qu'elle ne se démonte jamais. On peut lui prouver par A + B qu'elle a tort, elle s'arrangera toujours pour qu'on finisse par croire qu'on s'est trompé.

En général, pourtant, on s'entend assez bien tous les deux. Au collège, dans le quotidien, c'est bonjour-bonsoir ; elle a ses amies, j'ai mes copains. Mais dès que quelque chose va mal, on se rapproche instantanément l'un de l'autre, je ne sais pourquoi, on se soutient, comme ces aimants qui s'attirent même à travers l'épaisseur d'une feuille de carton.

Cette fois, son excitation m'agaçait. Peut-être parce que j'éprouvais la même chose quelques instants plus tôt. À quoi bon, puisqu'il n'y avait pas eu crime ?

– Comment il est sorti ? Je ne sais pas. Par la porte, je suppose, comme tout le monde.

Elle haussa les épaules.

– Laquelle ? M. Cornue bloquait celle qui donne sur la cour. Quant à l'autre, celle qui ouvre dans la salle 21, rappelle-toi : c'est M. Guillemet qui l'a ouverte avec son passe.

– Et alors ? dis-je devant son petit air supérieur.

– Alors ? Cela veut dire forcément que…

Elle n'eut pas le temps d'achever. La porte de la permanence s'ouvrit violemment et M. Guillemet parut.

M. Guillemet adore ce genre d'entrées surprises qui jettent la panique dans les classes. Il faut, d'un même geste, se mettre au garde-à-vous et débarrasser subrepticement son bureau de tout ce que son regard d'aigle risque de repérer : antisèches, chewing-gums, cocottes en papier ou caricatures de prof.

Cette fois, c'était le cadet de ses soucis.

– Les internes ! hurla-t-il. Dans le bureau de M. le principal, immédiatement ! Les autres, vous pouvez ranger vos affaires. Pas de cours, exceptionnellement, ce matin.

Il fit un demi-tour droite énergique et sortit en claquant la porte derrière lui. Décidément, les réjouissances continuaient !

4

Chez le principal

Les entrevues avec le principal ne sont jamais réjouissantes, surtout pour les internes. C'est à lui qu'on fait signer nos feuilles de retenue, c'est lui qui passe les savons et distribue les paires de claques. Le seul fait d'être convoqué dans son bureau ne trompe pas : comme la petite chouette en pierre de ma tante Marcelline qui change de couleur avec le temps, c'est signe qu'une dégelée se prépare.

Il ne crie pas, ne se met jamais en rogne. C'est pire. Notre principal est un humoriste. Il m'appelle « Pharamonts et merveilles », sans doute à cause de mes résultats scolaires, en détachant chaque mot avec une jubilation navrante, et se fait rire avec ça depuis bientôt trois ans.

Pour tout dire, nous n'en menions pas large. En général, nous les internes, on roule plutôt les mécaniques. Comment expliquer ? C'est un peu plus notre collège, on y dort, on y mange, on en connaît tous les recoins. Les autres arrivent le matin, repartent le soir, un peu gênés avec nous comme s'ils étaient seulement invités. Ils nous regardent avec inquiétude et un rien d'admiration aussi parce qu'on vit loin de notre famille, qu'on paraît plus mûrs… Nous, on les méprise à voix haute, on les traite de fils à papa, mais à voix basse on les envie de retrouver une maison chaque soir, d'avoir des frères, des sœurs, au lieu des copains qui vous fauchent votre brosse à dents et s'amusent à mettre du dentifrice dans les draps.

Heureusement, il y a Mme Fleury, l'intendante, avec ses rouges à lèvres qui sentent la cerise et sa manière gentille de nous appeler « mon petit » quand ça a bardé dans le bureau du principal. Il y a aussi M. Mollette, le concierge. C'est lui qui distribue les colis, le courrier, les barres de chocolat qu'il fauche à la cuisine. En échange, on lui donne nos timbres pour sa collection. P. P. Cul-Vert, dont les parents sont au Venezuela, en reçoit des énormes, rouge et vert avec des perroquets et des fleurs exotiques : grâce à ce trafic, son armoire ressemble à une épicerie, bourrée de friandises, de fruits secs et de maquereaux en boîte.

Le veinard ! Sa rage de dents tombait à pic. Après la menace de l'interro, il échappait au principal et au vilain quart d'heure que nous allions passer.

– Qu'est-ce qu'il nous veut, d'après toi ? chuchota Philibert.

Je n'en avais aucune idée. Nous étions une vingtaine, des petits sixièmes aux troisièmes du dortoir 2, à tendre le dos en attendant l'orage. Chaque fois qu'il se passe quelque chose, c'est sur nous que ça retombe. Mais qu'allaient-ils trouver cette fois-ci ?

Dans le bureau du principal régnait un silence de mort. Je ne sais pas pourquoi, je sens les atmosphères. À la manière dont il a dit : « Entrez, messieurs », j'ai su que ça irait mal. Il avait croisé les doigts devant son nez et se balançait d'avant en arrière, comme à son habitude, faisant couiner le dossier articulé de son fauteuil. C'était plutôt énervant, dans le silence, ce petit « scrouitch-scrouitch » régulier, et je remarquai alors que ses pieds ne touchaient pas terre. Comme notre principal s'appelle M. Courtejambe, je me promis de raconter ça aux copains… Ça les ferait bien rigoler.

– Messieurs, commença-t-il, vous n'êtes pas sans connaître l'odieux attentat perpétré cette nuit, dans l'enceinte de notre établissement, sur la personne de M. Cornue, laborantin et préparateur dévoué, à qui je tiens à présenter ici toute la sympathie de notre petite collectivité.

Il dit « collectivité » comme s'il y avait trois L, cherchant ses mots sur un coin du plafond, au-dessus de nos têtes. C'est une autre caractéristique de M. Courtejambe : il ne vous regarde jamais quand il vous parle, comme si l'on n'était pas digne de ses grands mots et qu'il les adressait au portrait de Napoléon qui trône au-dessus de sa porte.

— Je ne vous cache pas, reprit-il après un instant de méditation, les conséquences funestes qu'une telle affaire pourrait avoir sur la réputation de cet établissement, si le bruit devait, par malheur, se répandre à l'extérieur... Soyez assurés, cependant, qu'en tant que chef de cet établissement, je ferai tout ce qui est en mon pouvoir pour que toute la lumière soit faite sur les circonstances de cet acte criminel, et que le coupable en soit châtié sans faiblesse.

Il accompagna ces derniers mots par un coup de règle sur l'acajou de son bureau. « Châtier », « coupable », sont des mots qui vous glacent le sang. Sans doute est-ce la raison pour laquelle les adultes les préfèrent à « punir » ou « fautif » quand ils s'adressent à nous. En tout cas, les trombones firent un petit saut terrifié sous l'impact de la règle, et je vis Philibert déglutir avec

peine : il en avait avalé son chewing-gum de saisissement.

– Voilà les faits, succinctement résumés par
celui qui en fut la malheureuse victime, continua
le principal, très fier de son petit effet. Ce matin,
vers sept heures, M. Cornue, avec la conscience
que nous lui connaissons, s'apprêtait à prendre
son service quand il surprit de la lumière dans la
salle 20. Intrigué, et désireux sans doute de
prendre le rôdeur sur le fait, il s'en approcha sans
bruit… À peine était-il entré à son tour dans la
classe qu'un mystérieux individu fondit sur lui.
Il s'ensuivit une courte bagarre, au terme de
laquelle, sauvagement matraqué par quelque
objet contondant, notre brave M. Cornue perdit
bel et bien connaissance…

J'ignore ce qu'est un objet *contondant*, mais ce
que je puis dire, c'est que ça provoque de sacrées
bosses, à en croire le front de M. Cornue. Philibert siffla entre ses dents en secouant les doigts ;
je crois qu'il traduisait le sentiment général. Pour
une histoire, c'en était une. Mais je ne voyais
toujours pas où voulait en venir le principal.

Celui-ci, prenant à témoin M. Guillemet qui
se tenait silencieux dans un coin, prit un petit
ton supérieur pour poursuivre.

– Inutile, messieurs, d'être Sherlock Holmèssse (il fit siffler démesurément la finale, comme s'il avait voulu nous convaincre que son accent anglais était exécrable) pour énoncer une première certitude : compte tenu de l'heure extrêmement matinale, je dirais même *matutinale*, où ce lâche attentat a été perpétré, le responsable ne peut pas être quelqu'un de l'extérieur...

Cette fois, je le voyais venir. J'attendis la suite en serrant les dents.

– Seule, je le répète, une personne ayant passé la nuit au collège était à même de se trouver dans la salle 20 avant l'ouverture des portes par M. Mollette, à sept heures trente comme chaque matin... Il va de soi que sont exclus de la liste des suspects les membres de l'administration ou du personnel résidant dans l'établissement. La seule conclusion qui s'impose est donc claire...

Il ménagea une pause pour se regarder les ongles avant d'achever :

– Oui. Inutile de chercher le coupable bien loin, messieurs, car il est parmi vous.

C'était vraiment trop fort ! Un murmure de protestation s'éleva, unanime, devant la gratuité de telles accusations. Pour moi, je manquai de m'étrangler tellement j'étais en rogne.

– Tttt ! fit le principal, je n'accuserais pas ainsi si je n'avais de bonnes et solides raisons. D'abord, la taille de l'assaillant, qui pourrait être, selon M. Cornue, celle d'un élève de troisième, voire d'un grand de quatrième…

Était-ce une illusion ? J'eus l'impression qu'il me regardait en disant cela.

– Ensuite, la logique : nul ne peut entrer dans la salle de sciences naturelles sans une clef spéciale. Nous connaissons tous – n'est-ce pas, monsieur Guillemet ? – l'intérêt particulier que portent les internes aux passe-partout. M. Chopinot me signalait, il y a une semaine à peine, la disparition du sien, subtilisé dans le bureau des surveillants.

Là, ce fut un véritable tollé.

– C'est pas nous ! Et pourquoi on aurait fait ça, d'abord ? On n'avait rien contre M. Cornue !

Ça fusait dans tous les sens, un vrai feu d'artifice de protestations. Le principal, bras croisés, se contentait de sourire au ciel, en attendant qu'on se calme un peu.

– Allons, messieurs, reprit-il, vos protestations d'innocence sont bien touchantes. Elles ont même l'accent de la vérité. Mais, voyez-vous, j'ai la preuve de ce que j'avance. Un témoin, oui, je dis bien, un témoin a vu de ses propres yeux l'un d'entre vous rôder près de la salle 20 quelque temps avant l'agression.

– C'est un menteur ! beugla Philibert, incapable de se contenir davantage.

– Voyons, messieurs, oseriez-vous accuser de mensonge l'un de vos propres camarades ?

Et d'un geste auguste, le principal fit entrer son témoin.

C'était P. P. Cul-Vert.

5
P. P. s'en mêle

— Entrez, monsieur de Culbert, fit le principal, ravi de la stupeur qu'il lisait sur nos visages.

En un sens, moi, ça me rassurait. P. P. est un ami, d'un genre plutôt insupportable, mais mon voisin de dortoir, sur lequel on peut compter de temps en temps.

— Répétez à vos camarades, monsieur de Culbert, ce que vous m'avez raconté ici même.

P. P. s'inclina et fit ce petit raclement de gorge caractéristique qui précède toujours chez lui les récitations de leçon. Il avait la tête entourée d'un bandage, sans doute à cause de ses dents, qui le faisait ressembler à un œuf de Pâques à lunettes.

– À votre disposition, monsieur le principal... Comme j'ai déjà eu l'honneur de vous le dire, je me trouvais donc, cette nuit, dans la petite chambre sise sous les combles que nous appelons dans notre sabir « la morgue », mais qui est mieux connue de vos services sous celui « d'infirmerie ». Comme vous le confirmera la diligente Mme Taillefer, j'y étais retenu par une affection bénigne, quoique douloureuse, scientifiquement répertoriée sous l'appellation peu euphonique d'*odontalgie*. Une rage de dents, en quelque sorte... Ma sœur elle-même, Rose-Lise de Culbert, est sujette à des crises fréquentes, et...

– Je doute que votre sœur ait une quelconque relation avec l'affaire qui nous occupe, jeune homme, l'interrompit le principal. Au fait, s'il vous plaît.

– Hmm ! Hmm ! toussota P. P., un peu vexé. Je disais donc que, cette nuit-là, la nuit du drame, si j'ose m'exprimer ainsi, je fus éveillé plusieurs fois par de vives douleurs émanant de ma gencive droite et diffusant ensuite dans toute la mâchoire... Je ne suis pas douillet, mais passons... À l'occasion d'une de ces crises, peu après six heures, je me mis à la fenêtre, dans l'espoir de me distraire de la douleur dans le spectacle, ô combien exaltant, du jour naissant…

— Et qu'avez-vous vu ? s'impatienta le principal.

— Une ombre, monsieur. Ou plutôt, une forme, une silhouette furtive se coulant tel un spectre dans les lueurs livides de l'aube !

— Et cette forme, ce spectre ou tout ce que vous voudrez, pourriez-vous l'identifier ?

— Oui, monsieur le principal.

Tout le monde retint son souffle.

— Pouvez-vous affirmer qu'il se trouve ici, parmi nous ?

— Oui, monsieur le principal.

— Et pourriez-vous le reconnaître ?

— Oui, monsieur le principal.

L'excessive politesse de P. P. semblait exaspérer M. Courtejambe. Poussant un énorme soupir, il dit :

— Eh bien ! de Culbert, je vous demande dans l'intérêt de l'équité et de la justice, de désigner le coupable.

P. P. n'hésita pas. Levant le bras comme on vise au revolver, il dit d'une voix assurée :

— C'est lui !

J'aurais pu être foudroyé sur place que le choc n'aurait pas été plus rude. L'index brandi, c'était moi que P. P. désignait !

6
Renvoyé

Le reste se passa très vite, comme dans un cauchemar. J'avais l'impression d'être anesthésié : tout tournait dans ma tête et, en même temps, j'avais les jambes en coton, comme lorsqu'on m'a opéré des amygdales. Qu'est-ce qui avait bien pu passer dans la tête de P. P. ? D'habitude, l'injustice me fait bondir, surtout quand elle me concerne. Cette fois pourtant, passé le choc de la surprise, je restai sans voix, incapable de me défendre. Plus que l'accusation qu'il portait contre moi, c'était la trahison de P. P. qui me révoltait. On peut toujours se justifier, prouver son innocence ; mais il n'y a rien qui puisse rattraper la trahison d'un de ses meilleurs copains.

P. P. était reparti à l'infirmerie, les autres en permanence, sous la conduite de M. Guillemet.

– Eh bien ! Pharamon, lança le principal quand nous fûmes seuls. Qu'avez-vous à répondre ?

– Rien, m'sieur. Seulement que ça n'est pas moi.

– Tsss ! Tsss ! Pharamon, n'aggravez pas votre cas en niant les évidences. Votre camarade est formel, et vos états de service dans notre établissement n'ont pas été jusqu'alors totalement irréprochables…

– C'est pas moi, m'sieur.

J'étais si abattu que c'était la seule chose que j'étais capable de dire. Que valait ma parole contre celle de P. P. Cul-Vert ? Quand on n'est pas un bon élève, tout le monde vous croit coupable chaque fois qu'un carreau est cassé à la cantine ou qu'on a trouvé des graffitis sur la porte du conseiller d'éducation. P. P. serait pris avec des allumettes dans la poche, c'est encore moi qu'on accuserait de fumer dans les toilettes ! Non content d'avoir des mauvaises notes, des carnets pleins d'encre rouge et de points d'exclamation, il faut encore se charger de tous les maux de la terre. Comment lutter contre ça ?

– Comme vous voudrez, soupira le principal, j'avais espéré une plus grande coopération de votre part. Puisque vous persistez à nier, ce sera le conseil de discipline.

Cette fois, j'accusai vraiment le coup. Après le

conseil de classe, le conseil de discipline est la pire des choses inventées par l'esprit machiavélique des adultes. Bien sûr, tout le monde ici en a entendu parler, comme des sauterelles d'Égypte ou de la famine au Moyen Âge. Rien que d'en parler, on a l'impression d'avoir avalé du papier de verre. J'avais beau savoir que ça existait, c'était comme si je m'étais trouvé tout à coup face au monstre du Loch Ness… Pour un élève, un conseil de discipline, c'est le renvoi assuré. On ne pouvait rêver pire comme cadeau d'anniversaire.

— Dans l'immédiat, pas de sanction. Naturellement, vous êtes privé de sortie. Vous assisterez aux cours normalement, jusqu'à ce que le conseil ait décidé de votre sort. C'est tout, Pharamon.

Je pris la porte qu'il me montrait en tâchant de garder la tête haute. Pour rien au monde, je n'aurais voulu qu'il me voie pleurer.

7
Chère Mathilde !

Comme je sortais dans la cour, quelqu'un m'attrapa par la manche et me tira sous l'abri du préau. C'était Mathilde Blondin.

— Qu'est-ce que tu fais là ? balbutiai-je.

— Je n'allais pas rentrer alors que tu es dans le pétrin, dit-elle. Je me doutais qu'il se passait quelque chose. J'ai attendu, et Philibert m'a raconté que ça bardait pour toi. Tiens, dit-elle, en me tendant un mouchoir en papier. Pour ton rhume…

Avait-elle vu que je pleurais ? Je fis semblant de me moucher bruyamment, heureux du prétexte qu'elle m'offrait. Mathilde a toujours des attentions comme celle-là.

— Alors, fit-elle, c'est grave ?

— Conseil de discipline, reniflai-je.

— Zut, zut et triple zut ! Tu es dans de sales draps !

C'était l'heure de la cantine et nous étions seuls dans la cour. Elle parut hésiter un instant avant de demander :

– Et naturellement, euh… Ce n'est pas toi, n'est-ce pas ?

Comme j'ouvrais de grands yeux :

– Je veux dire : qui as attaqué M. Cornue… Non bien sûr, je suis idiote, pardonne-moi. Mais

pourquoi ne t'es-tu pas plus défendu ? Il faut te battre, prouver ton innocence !

– À quoi bon ? fis-je accablé. Au fond, c'est peut-être mieux comme ça. J'en ai par-dessus la tête de l'internat, des mauvaises notes et des heures de colle. Qu'ils me mettent ce qu'ils veulent sur le dos, je m'en fiche, maintenant… Un peu plus ou un peu moins… Je serai renvoyé, c'est tout, et on n'en parlera plus.

Je ne pensais pas vraiment ce que je disais. J'étais groggy, et puis je pensais à ma mère, à ce qu'elle allait dire quand elle apprendrait la nouvelle. Et elle qui pensait que je travaillerais mieux en étant pensionnaire !

– Là, c'est toi qui es idiot, s'emporta Mathilde. Excuse-moi, mais tu me déçois beaucoup !

– Je déçois toujours tout le monde, dis-je sombrement. Dommage que ce ne soit pas un métier : « déceveur professionnel »… Je ferais vite fortune.

– Taratata ! Je te préviens que moi, en tout cas, je ne te laisserai pas renvoyer comme ça. Que tu le veuilles ou non, tu te battras !

Je ne pus m'empêcher d'admirer son courage. Elle était là, avec son grand caban qui la faisait toute fluette dessous, qui parlait de s'en prendre à la terre entière, et moi, un garçon, je ne savais faire qu'une chose : m'apitoyer sur mon sort et renifler comme un poltron.

– Mais que faire ? dis-je.

– D'abord, aller voir Pierre-Paul, savoir pourquoi il t'accuse et lui faire rentrer ses paroles dans la gorge !

En disant cela, elle tordit brutalement le pompon de son écharpe comme s'il s'était agi du cou de P. P. Cul-Vert.

– Est-ce que ça n'est pas nous, poursuivit-elle avec colère, qui l'avons tiré des mains de l'infâme Mueller ? Sans toi et moi, il serait encore à croupir entre les mains de ses ravisseurs ! Drôle de manière de te remercier [1] ! Ensuite, reprit-elle avec plus de calme, aller trouver M. Coruscant et tout lui raconter... Il saura sûrement quoi faire.

M. Coruscant est notre prof d'histoire-géo. Il porte des nœuds papillons, parle latin à tout bout de champ, mais il m'a toujours défendu en conseil de classe, surtout depuis notre aventure commune à Venise.

– Troisièmement, conclut Mathilde, t'établir un alibi. Il faut prouver que tu n'as pas quitté ton lit cette nuit.

1. Lire *Le Professeur a disparu* dans la même collection.

— Impossible, dis-je en déglutissant un peu difficilement.

— Et pourquoi donc ?

— Parce que je n'y étais pas.

— Comment ça ?

— Du moins pas toute la nuit, corrigeai-je, essayant d'éviter son regard interloqué.

— Et où étais-tu, cette nuit, si tu n'étais pas dans ton lit ?

Je jetai un rapide coup d'œil autour de moi avant de dire, fixant la pointe de mes chaussures :

— C'est bien là le problème. J'étais dans la salle de sciences-nat.

— Dans la salle 20 ? Celle où…

— Oui, dis-je, penaud. Celle où M. Cornue a été attaqué.

8
La torche

Il était trop tard maintenant pour faire machine arrière. J'en avais trop dit ou pas assez, à en croire l'air éberlué de Mathilde. Tant pis, je me jetai à l'eau.

— Voilà. Cette nuit, je n'arrivais pas à dormir, commençai-je. Chopinot est passé, à neuf heures, pour l'extinction des feux, et je n'avais même pas fini la rédac pour aujourd'hui. Alors, tu penses, l'interro de sciences-nat… Je me suis glissé sous les couvertures, avec ma lampe torche, pour essayer d'apprendre quelque chose. Mais Chopinot faisait sa ronde, il fallait que j'éteigne tous les quarts d'heure pour faire semblant de dormir. Impossible de rien retenir. D'habitude, il y a P. P., j'arrive toujours à lui prendre ses cours. Tout est propre, souligné, bien classé. Moi, j'avais perdu la moitié de mes notes,

j'ai passé presque une heure à les retrouver. Pour ce qu'il y avait dessus, de toute manière…

— Mais ton livre ? interrompit Mathilde, toujours pratique.

— Je m'en sers depuis le début de l'année pour caler le pied de mon armoire qui est bancale. Il aurait fallu faire un raffut de tous les diables pour le sortir de là. Remarque, ce n'aurait pas été la première mauvaise note en sciences-nat. Mais je ne sais pas pourquoi, j'étais nerveux, je me tournais et me retournais dans mon lit sans trouver le sommeil. Vers minuit, j'ai enfilé mon blouson par-dessus mon pyjama, placé mon polochon sous les draps au cas où Chopinot aurait eu des insomnies et je suis sorti sans bruit du dortoir.

Les premiers élèves commençaient à quitter le réfectoire. Il fallait nous dépêcher si nous voulions attraper le deuxième service.

— Et tu es allé dans la salle 20, poursuivit Mathilde qui ne semblait pas avoir faim. Histoire de voir si le sujet de l'interro n'était pas déjà au tableau, c'est ça ?

J'acquiesçai en silence, un peu honteux, non de ma tricherie, mais que Mathilde s'en soit si facilement douté, comme si j'étais un habitué de ce genre de choses. C'est vrai que j'aime bien me balader la nuit dans le collège désert. Tout est silencieux, un peu inquiétant, on a l'impression d'avoir le bahut pour soi tout seul.

— Crois-moi si tu veux, ça n'était pas ma première idée. J'avais envie de prendre l'air, c'est tout. À un moment, j'ai aperçu la lumière d'une lampe électrique qui se promenait sous la galerie, près de la bibliothèque. J'ai tout de suite pensé que c'était Chopinot. Je me suis jeté dans l'encoignure d'une porte, au hasard…

— Et c'était celle de la salle 20, dit Mathilde avec ironie.

– Si tu sais mieux que moi ce qui s'est passé, tu n'as qu'à raconter à ma place !

– Non, non, continue. Qu'est-il arrivé ensuite ?

– Où en étais-je ? Ah ! oui. Je m'étais donc caché dans une encoignure et j'essayais de me faire le plus petit possible quand, soudain, j'ai eu la peur de ma vie… La porte, derrière moi, s'est ouverte en grinçant, très lentement. J'avais dû la pousser de l'épaule, je ne sais pas, mais durant une seconde, j'ai cru qu'il y avait quelqu'un derrière moi. J'avais les jambes qui flageolaient, je suis tombé plutôt qu'entré à l'intérieur et je me suis caché sous le bureau de M. Maillot, en attendant de pouvoir remonter en toute sécurité. C'est là que j'ai eu l'idée de regarder au tableau si… enfin, euh… l'énoncé de l'interro n'était pas, euh…

– Et tu es remonté aussitôt après ?

– À une heure, j'étais dans mon lit. Je m'en souviens, parce que j'ai calculé combien il me restait d'heures de sommeil et que le total n'était pas lourd.

– Tu es sûr que personne ne t'a vu ?

– Sûr, archisûr ! Tout le dortoir dormait à poings fermés et Chopinot ronflait comme un sonneur.

— Pas d'inquiétude à avoir de ce côté-là, alors, conclut Mathilde.

— C'est ce que tu crois, dis-je alors. Il y a ma torche.

Mathilde se mit à rire :

— Rien à craindre : si elle veut parler, tu lui enlèves les piles !

— Ce n'est pas ça, dis-je. Il y a mon nom dessus et je l'ai oubliée dans la salle de sciences-nat.

Mathilde me regarda avec incrédulité, la bouche ouverte comme si elle ne parvenait plus à la refermer.

— Toi alors ! articula-t-elle difficilement. Jamais je n'aurais pensé qu'on puisse être gourde à ce point. Tu dois détenir au moins le record du monde !

Elle n'eut pas le temps de poursuivre ses amabilités. La cloche du deuxième service retentissait et nous partîmes en courant prendre nos places au réfectoire.

9
L'insoluble équation

Comme tous les mardis, le déjeuner était infect : salade de betteraves, chou-fleur trop cuit et une viande qui ressemblait à un protège-livre bouilli. Tout le monde me regardait en chuchotant et en se poussant du coude, j'avais l'impression d'être un condamné à son dernier repas.

Au dessert, Philibert me fit passer un petit mot, plié en quatre, que je dus repêcher dans la jatte de fromage blanc.

– T'inquiète pas, Rémi, on te vengera ! avait-il écrit.

J'avais beau essayer de jouer les blasés, mon estomac refusait d'avaler quoi que ce soit. Avait-on déjà prévenu ma mère ? À cette heure-là, elle était au travail. Ça me laissait encore une chance…

En cours, l'après-midi, Mathilde m'adressait de petits signes comme pour dire : « Tiens bon, tout va s'arranger. » Mais, à mesure que le temps passait, le peu de courage qu'elle m'avait donné partait en eau de boudin, comme dit mon oncle Firmin.

Chaque fois que je la résumais, ma situation m'apparaissait plus désespérée. D'abord les accusations de P. P., ensuite ma lampe torche oubliée dans la salle de sciences-nat et qu'on ne manquerait pas d'utiliser comme preuve si on la retrouvait…

À un moment, M. Pignot, notre prof de maths, m'appela au tableau. Comme je n'avais rien écouté, il se mit en colère :

— Enfin, Pharamon, une équation à une seule inconnue, ça n'est pas sorcier à résoudre tout de même !

Mais le problème qui me préoccupait avait plus d'une inconnue. Traduit dans les termes de M. Pignot, il donnait à peu près ceci : si x n'est pas Pharamon, comme le croit le principal, qui est donc x ? Et que venait-il faire la nuit dans la salle de sciences-nat ?

Pour l'instant, j'avais moi-même trop de difficultés pour résoudre les problèmes des autres.

Quand la sonnerie retentit, Mathilde me rejoignit dans la cour.

– Une seule chose à faire dans l'immédiat, me dit-elle à part. Essaie de voir Pierre-Paul. De mon côté, je réfléchis et on reparle de tout cela demain.

Quand je la vis passer la porte du collège, j'eus un petit pincement au cœur. Cette fois, je me sentais vraiment abandonné.

10
Le traître

Pour se rendre à l'infirmerie, il faut prendre la galerie centrale. De là, un petit escalier mène sous les combles jusqu'au bureau de Mme Taillefer. Derrière encore, séparés par une paroi vitrée, les lits où l'on couche les malades. Il fallait donc franchir le barrage de Mme Taillefer pour atteindre P. P.

J'attendis la fin de l'étude du soir. Après, on est libre jusqu'à l'heure du dîner. C'est le meilleur moment de la journée, celui où l'on peut jouer au foot, faire des parties de cartes ou lire des bandes dessinées sur son lit sans être obligé de les cacher chaque fois qu'on entend le petit « clop-cataclop » de M. Guillemet.

Il faisait déjà nuit. Le jour, en cette saison, dure juste assez pour les heures de classe. Mais cette fois, ce n'était pas moi qui allais m'en plaindre. Je pus gagner la galerie sans être vu et, de là, me glisser sous l'escalier en attendant l'infirmière.

Chaque jour, à six heures, Mme Taillefer quitte l'infirmerie pour aller boire un thé à l'intendance. Elle passa sans me voir, effleurant ma joue de sa blouse, et referma derrière elle la porte de l'escalier.

D'un bond, je fus à l'étage. En haut régnait une forte odeur de désinfectant. Il suffit que je la renifle, d'habitude, pour manquer de me sentir mal. « Le pauvre petit, comme il est pâle ! » s'écrie l'infirmière et, alors que je venais pour une écorchure de rien du tout, je me retrouve au lit, un thermomètre dans la bouche et le biceps écrabouillé par l'appareil à prendre la tension.

Cette fois, cependant, je n'y pris pas garde. J'avais dix minutes pour voir P. P., ce n'était pas le moment de tourner de l'œil.

Tout était silencieux dans l'infirmerie. Tout, à l'exception d'un petit bruit régulier, un « schlonc-schlonc » métallique assez étrange, qui me rappelait le bruit du respirateur artificiel, dans la chambre d'hôpital de ma tante Marcelline, lorsqu'elle avait eu son malaise cardiaque.

Soudain j'eus peur. Est-ce que P. P... Je me précipitai dans l'infirmerie, poussai la porte

vitrée en m'attendant au pire. La surprise me
cloua net sur le seuil : en pyjama, les joues enru-
bannées d'un large bandeau, P. P. se tenait en
apesanteur au-dessus de son lit, rebondissant

allègrement comme une balle de caoutchouc sur les ressorts d'un trampoline.

Il fut au moins aussi surpris que moi. Lorsqu'il m'aperçut, il poussa un cri de saisissement, battit l'air des deux pieds et s'aplatit comme une crêpe sur la descente de lit. Il se releva, à demi choqué, avec les lunettes qui pendaient par une branche à l'une de ses oreilles.

– Rémi ! Vieux frère ! Quelle heureuse surprise ! articula-t-il.

– Eh bien ! dis-je en refusant la main qu'il me tendait, je vois que tu ne t'embêtes pas ici.

– Je réfléchissais.

– À deux mètres cinquante du sol ?

– J'ai lu un article, dans une revue scientifique de ma sœur, sur l'entraînement des cosmonautes. Rien de tel que l'apesanteur pour stimuler les facultés intellectuelles…

– Tu vas voir, moi, ce que je vais te stimuler ! fis-je en l'empoignant par le col de sa veste de pyjama.

– Attention, bredouilla-t-il, tâchant de se protéger la figure de son bras replié. Tu parles à un grand malade. Toute complication pourrait m'être fatale !

– Et les miennes, de complications, tu y as

pensé ? Espèce de faux frère ! Monsieur met les autres dans un pétrin noir et s'amuse pendant qu'ils se débattent en faisant du trampoline sur un lit d'infirmerie !

De rage, je l'avais cloué sur son polochon. Il ne se débattait même pas. Question courage, P. P. Cul-Vert se pose là : aussi gras et combatif qu'un punching-ball.

– Je t'en prie, Rémi, répétait-il. Au nom de notre vieille amitié !

– C'est sans doute au nom de notre vieille amitié que tu m'as dénoncé ?

Je le secouais comme un prunier et des caramels à moitié sucés s'échappaient des poches de son pyjama.

– Je fais appel à tes sentiments humanitaires ! glapit-il en tâchant de les rattraper. Laisse-moi t'expliquer, au moins !

Pour un peu, il m'aurait fait pitié. Je le lâchai, et m'assis à mon tour sur le lit.

– Je t'écoute, dis-je, la voix vibrante de colère. Mais tes explications ont intérêt à être convaincantes. Sinon, je te promets que tu n'auras jamais plus de rage de dents…

Il rajusta son pyjama de l'air le plus digne qu'il put.

– S'en prendre ainsi à un malade… gémit-il. Profiter d'un être physiquement diminué…

– Arrête, dis-je, ou je te diminue un peu plus. J'attends tes explications.

– Je tiens à préciser, fit-il en remettant ses lunettes, que je parle sous la contrainte. En bon droit français…

– Et une bonne droite française ? dis-je en lui montrant le poing.

Je crois qu'il n'existe personne au monde qui soit plus exaspérant que P. P. Cul-Vert. Il s'installa souffreteusement sous les couvertures, massant sa joue gonflée et papillotant des yeux comme s'il était en proie à une douleur atroce.

– Écoute, dit-il, je comprends que ma conduite ait pu t'apparaître surprenante. Remarque cependant que je ne t'ai accusé de rien.

Comme je bondissais :

– C'est vrai ! gémit-il. J'ai seulement dit que je t'avais vu cette nuit dans la cour. Ça ne sous-entend nullement que tu sois l'agresseur de M. Cornue.

– Ce n'est pas ce qu'a compris le principal, dis-je avec humeur. Au cas où tu ne le saurais pas encore, je suis passible du conseil de discipline grâce à tes élucubrations !

– Étais-tu dans la cour cette nuit, oui ou non ?

– Oui, mais pas à cette heure-là, figure-toi. De toute façon, ça ne t'autorisait pas à me dénoncer.

– J'avais besoin d'une diversion, dit-il en se rengorgeant.

– D'une quoi ?

Je n'en croyais pas mes oreilles.

– Une diversion, répéta-t-il.

Il se pencha vers moi de son air le plus mystérieux, les yeux écarquillés. Avec sa joue qui avait doublé de volume, j'avais l'impression d'avoir devant moi la grenouille qui veut se faire plus grosse que le bœuf.

– Écoute, dit-il. Il se passe ici des choses incroyables… Voilà deux nuits qu'un homme se promène incognito dans le collège. J'ai d'abord cru qu'il s'agissait d'un surveillant, ou de M. Mollette effectuant sa ronde. Après l'attentat contre M. Cornue, le doute n'est plus possible. Quelqu'un rôde ici la nuit. Qui est-il ? Que veut-il ? Je t'avoue que pour l'instant, je n'en sais rien. Mais je suis bien décidé à percer ce mystère !

Dans d'autres circonstances, les paroles de P. P. auraient piqué ma curiosité.

– C'est bien joli, dis-je. Mais qu'est-ce que je viens faire dans tout ça ?

– Réfléchis ! Si l'on veut avoir une chance de pincer le rôdeur sur le fait, il ne faut pas éveiller sa méfiance. Sans un coupable tout trouvé, toi en l'occurrence, que crois-tu qu'aurait fait M. le principal ?

– Je n'en sais rien. Appelé la police, sans doute…

– Et notre mystérieux visiteur se serait volatilisé à jamais ! continua triomphalement P. P. Alors que là, un faux coupable a été donné en pâture aux autorités, il se croit libre désormais de mener impunément son petit jeu, et je ne donne pas deux jours à notre homme pour se manifester à nouveau.

– Minute, dis-je. C'est moi, la pâture. Je n'ai aucunement l'intention de me sacrifier pour un Rouletabille de ton espèce.

P. P. écarta l'argument d'un revers de main dédaigneux.

– Trouvons le coupable, dit-il, et les charges pesant contre toi tomberont d'elles-mêmes.

Force était d'admettre qu'il avait raison. Le procédé me restait tout de même en travers de la gorge.

– Oh ! je sais que je te mets en mauvaise posture, ajouta P. P. comme s'il avait pu lire dans mes pensées. Mais il fallait agir vite, j'ai improvisé. Et puis, je savais pouvoir compter sur ta compréhension et ton inestimable dévouement.

Il me donna une petite tape amicale sur l'épaule, comme on fait à un brave chien fidèle.

À ce moment, un bruit se fit entendre dans le petit escalier conduisant à l'infirmerie. Je dressai l'oreille. Pas de doute, on venait ! Mme Taillefer, déjà ? Du regard, je cherchais fébrilement une cachette où me glisser quand la porte s'ouvrit avec fracas.

11
De justesse !

– P. P. ! Faux jeton ! Tu vas payer ! cria une voix.

C'était celle de Philibert, accompagné de trois autres internes. P. P., avec une souplesse inhabituelle, avait sauté à bas du lit, s'emparant d'une chaise qu'il tenait par le dossier comme pour garder à distance un animal furieux.

– Fayot ! Traître ! On va t'apprendre à dénoncer les copains !

Il s'ensuivit une poursuite endiablée. P. P. Cul-Vert courait en savates autour des lits, criant comme un cochon qu'on égorge, tandis que Philibert et les trois autres essayaient de le coincer. La frousse de P. P. était telle qu'à la fin je m'interposai.

– Ça suffit, les gars. Il a eu ce qu'il méritait.

– Rémi ! Tu étais là ? Laisse-nous lui donner

61

une bonne correction, à ce lèche-bottes, beugla
Philibert en brandissant le dictionnaire de latin
de P. P. qu'il se promettait de lui flanquer sur la
tête.

Je l'arrêtai d'un geste. P. P., terrorisé, se tenait
tout tremblant dans un coin, un oreiller à la
main en guise de bouclier.

— Comme tu voudras, Rémi, dit Philibert
comme à regret. J'aurais bien voulu pourtant…

— Il m'a présenté ses excuses, dis-je. N'est-ce
pas, P. P. ?

Il hocha frénétiquement la tête.

– Tu peux d'ailleurs recommencer, continuai-je sans pitié. Pour que les autres t'entendent.

Après tout, il m'avait mis dans le pétrin, et j'avais dû, en outre, le défendre d'une bonne rouste ! Il me devait bien ça.

– Je te présente, euh… mes plus plates, euh… bredouilla-t-il.

Il n'eut pas le temps d'en dire plus. À cet instant, Mme Taillefer, l'infirmière, fit irruption dans la pièce. Avec le bruit de la bagarre, personne ne l'avait entendue venir.

– Que se passe-t-il donc ici ? tonna-t-elle devant nos mines coupables.

Mme Taillefer pèse au moins quatre-vingt-cinq kilos et a des mains de joueur de rugby. Nous n'en menions pas large.

– Rien du tout, madame, intervint alors P. P. Ce ne sont que quelques amis inquiets de ma santé qui me faisaient une petite visite de courtoisie. D'ailleurs, ils partaient…

– Bon, bon, fit-elle attendrie.

Philibert avait pris son air le plus angélique et faisait semblant de retendre le drap du lit pour que P. P. y soit bien.

On aurait dit une touchante réunion de famille

au chevet d'un malade. P. P. se recoucha avec une mine de mourant, tandis que je tapotais son oreiller.

— Si vous saviez, Mme Taillefer, comme c'est bon d'avoir des amis si soucieux de votre bien-être ! articula P. P. d'une voix blanche.

Il se renfonça sous les draps, ne laissant dépasser que ses lunettes et agitant vers nous une main molle. Les uns après les autres nous sortîmes sur la pointe des pieds. Comme je passais auprès de son lit, il me retint :

— Motus et bouche cousue ! souffla-t-il. Surtout pas un mot aux autres.

Je m'éclipsai sans bruit et éteignis la lampe derrière moi.

12
Nuit noire

Je dormis mal cette nuit-là. Je rêvais que j'entrais dans une pièce immense où le bruit de mes pas résonnait. D'abord, je ne voyais rien, sinon un parquet interminable et des plafonds si hauts qu'ils se perdaient dans l'obscurité. Puis, mon regard s'habituant à l'ombre, j'apercevais des formes étranges, des silhouettes en robe noire qui faisaient cercle autour de moi, coiffées de perruques blanchâtres comme les juges de l'ancien temps. En face, assis sur une sorte de trône, celui qui semblait être leur chef tapait à l'aide d'un petit maillet sur la surface de son bureau. Malgré la perruque qui le défigurait, je le reconnus soudain : c'était M. Courtejambe, notre principal.

– Psst ! Rémi ! Réveille-toi !

Péniblement, j'ouvris un œil et le refermai

aussitôt. Au-dessus de mon lit se dressait l'une des silhouettes de mon cauchemar.

– C'est moi, Pierre-Paul ! Réveille-toi !

C'était bien P. P. Il portait sa grosse robe de chambre à écusson, une écharpe tortillonnée autour du cou et ses lunettes brillaient dans l'ombre. Avec le nœud autour de ses joues, sa tête ressemblait à une énorme citrouille comme on en voit dans les films américains, pour Halloween, avec deux trous à la place des yeux et une bougie pour éclairer par le dedans.

Instinctivement, je regardai ma montre : deux heures dix du matin. Est-ce qu'il était devenu fou ?

– Vite, habille-toi ! murmura-t-il.

– Mais où va-t-on ?

– Chercher des indices ! dit-il, tandis que ses verres de lunettes miroitaient à la lueur de sa torche.

Je me levai en râlant. Chercher des indices, à cette heure-ci ? Décidément, sa rage de dents avait dû lui monter au cerveau.

Mais déjà il m'entraînait à travers le dortoir endormi. Il éteignit sa lampe en passant devant le box du surveillant, la ralluma quand nous fûmes dehors, et je remarquai qu'il avait pris la précaution de la glisser dans une chaussette de laine pour en tamiser la lumière.

— Si tu crois que je vais passer la nuit à courir derrière une chaussette lumineuse pour te faire plaisir, protestai-je, tu te mets le doigt dans l'œil.

Mais déjà, il avait filé par la galerie, trottinant de toute la vitesse de ses petites jambes. Bon gré mal gré, il ne me restait plus qu'à le suivre.

Il faisait un froid de canard. J'avais enfilé mon blouson fourré, et pourtant je claquais des dents. Nous descendîmes sans bruit jusqu'à la cour et je vis P. P. s'arrêter devant la salle de sciences-nat, celle où M. Cornue avait été attaqué la nuit précédente.

— Le passe ! murmura-t-il.

— Le passe ? Quel passe ?

— Mais celui que tu as pris chez Chopinot. Il faut absolument rentrer là-dedans si l'on veut relever quelques indices.

— Mais ce n'est pas moi qui l'ai pris ! protestai-je. Est-ce que tu me prends pour un voleur, toi aussi ?

— Zut, alors ! J'étais pourtant persuadé que c'était toi. Qui alors ?

Il se gratta pensivement le front avant de s'exclamer.

— Tant pis ! Nous chercherons ailleurs.

Quand P. P. est dans cet état d'excitation, rien ne peut l'arrêter. On dirait une puce qui serait tombée par mégarde dans un verre d'apéritif. J'avais sommeil, j'avais froid, c'était assez d'émotions pour aujourd'hui.

– Cherche où tu veux, moi je rentre.

– Non, attends. L'autre nuit, j'ai vu la silhouette sortir par une petite porte, là-haut, juste à côté de la bibliothèque. Je me demande où elle peut bien mener.

– Comment, P. P., tu ne sais pas ça encore ? dis-je en haussant les épaules.

Il n'y a qu'un endroit possible pour faire le mur au collège. Tous les pensionnaires le connaissent, sauf P. P. bien sûr, trop poltron pour sortir du bahut en cachette.

Nous remontâmes sur la galerie. Là, à côté de la bibliothèque, une porte vermoulue donne sur un petit balcon extérieur. Rien n'est plus facile ensuite que d'enjamber la balustrade et de descendre jusqu'en bas en s'accrochant à la gouttière. Normalement, la porte est condamnée, faute de poignée pour manœuvrer le pêne. Il suffit cependant, comme je le montrai à P. P., de glisser une feuille pliée en quatre dans la rainure, et de soulever le pêne pour qu'elle s'ouvre sans bruit.

En moins de temps qu'il ne faut pour le dire, nous fûmes sur le balcon. L'arrière du collège donne sur une petite rue, déserte à cette heure, et P. P. put tranquillement promener la lumière de sa torche sur les alentours. Si on l'avait surpris, en robe de chambre molletonnée, en train de fureter dans les coins avec sa grosse loupe de philatéliste, on l'aurait aisément pris pour un fou.

Je m'étais posté près de la porte, à faire le guet. Je commençais à trouver le temps long lorsque je l'entendis étouffer un cri de triomphe.

– Regarde ! Il y a quelque chose, là, dans les buissons !

Quelques plantations maigres entourent la grille du collège. À l'aplomb du balcon, on apercevait, à demi cachée sous les feuillages, une masse noire qui ressemblait à un sac.

– Descends vite voir ce que c'est !

– Et pourquoi moi ? Si tu crois que ça m'amuse de faire le singe par ce froid…

– Je suis le cerveau, décréta-t-il. Et puis, je risque d'abîmer ma robe de chambre.

Je m'exécutai en râlant. C'était bien de P. P. Chaque fois qu'il y a une corvée, il trouve toutes les raisons pour se défiler. Je descendis comme je pus le long de la gouttière gelée, fis un rétablissement dans les massifs. Cela faisait quelque temps que je n'étais plus passé par là et, à cette heure-ci, tout paraissait plus difficile.

C'était bien un sac, un machin en toile de forme allongée, que fermait une cordelette.

– Éclaire-moi, chuchotai-je. Je n'y vois rien.

J'eus quelque peine à défaire les nœuds. Mes doigts engourdis par le froid manquaient sérieusement d'habileté, surtout avec P. P. qui, là-haut, ne cessait de s'impatienter.

– Alors ? Qu'est-ce qu'il y a dedans ?

– Je ne sais pas. On dirait une petite pioche, avec un manche repliable.

– Et quoi d'autre ?

– C'est tout. Non, attends. Il y a des initiales sur le manche.

On aurait dit un J et un B, à demi effacés. Je remisai la pioche dans le sac, refis les nœuds, cachai le tout à sa place et remontai péniblement le long de la gouttière.

– J. B. ? Qui cela peut-il être ? dit P. P. en se caressant le menton. Et que peut-on faire d'une pioche dans un collège ?

– Tu attendras demain pour mettre ton petit ordinateur en marche, coupai-je.

Mes acrobaties m'avaient brisé, j'avais le cerveau à peu près aussi congelé qu'une tranche de poisson pané et aucune envie de moisir sur ce balcon. Nous nous séparâmes sous la galerie. Naturellement, P. P. garda sa torche et je dus regagner mon lit dans le noir le plus complet.

Là, je sombrai aussitôt dans un sommeil de plomb.

13
Mathilde cogite

Le lendemain était un mercredi. Il me fallut attendre la récréation de dix heures pour raconter à Mathilde notre équipée de la nuit. Elle m'écouta sans un mot, mais à la manière dont son regard brillait, je devinai combien elle aurait aimé être avec nous.

– J. B., dis-tu ? Voilà enfin une piste sérieuse.

– Il doit y avoir, parmi les seuls élèves, une bonne dizaine de personnes dont c'est les initiales, remarquai-je avec découragement.

– C'est vrai, avoua-t-elle, mais je crois plutôt que c'est quelqu'un de l'extérieur. Et si tu avouais tout au principal ? Les soupçons de Pierre-Paul, la découverte de la pioche ?

– Il me rirait au nez ! Chopinot est venu me voir ce matin, au petit déjeuner, pour me dire qu'ils ont trouvé ma lampe dans la salle de sciences-nat. Cette fois, mon compte est bon…

– Il y a autre chose, dit Mathilde sans se décourager. Cette histoire de passe-partout peut nous servir. Quand as-tu dit qu'il a été dérobé ?

– Il y a une semaine. Lundi ou mardi dernier.

Son regard s'éclaira. Mathilde a le don pour sauter sur les petits détails, des choses que je ne vois même pas. Mon oncle Firmin appelle cela « l'intuition féminine ». Mais, outre que je ne crois pas les filles plus intelligentes que les garçons, c'est autre chose avec Mathilde : une manière patiente de prendre le fil à son début et de le débrouiller doucement. Quand elle est arrivée cette année, toute nouvelle dans le collège, elle a eu du mal à s'adapter, comme on dit. Puis tranquillement, sans faire de vagues, elle s'est fait des amies, est devenue déléguée, au point qu'on aurait dit qu'elle avait toujours été là. C'est elle qui va voir les profs quand on a trop de devoirs pour le même jour, elle qui siège au conseil d'administration, une espèce d'assemblée qui décide des menus de la cantine et du jour où l'on aura des frites…

– Tu te rappelles ce que j'essayais de te dire, le jour de l'agression contre M. Cornue ? continua-t-elle. Souviens-toi : la porte entre les deux salles était fermée à clef, et le corps de M. Cornue bloquait celle qui donne sur la cour. À moins de passer à travers les murs, l'homme devait forcément avoir un passe pour ouvrir et refermer derrière lui.

— Et alors ? dis-je, un peu vexé de ne pas suivre.

Elle toucha sa tempe de son index.

— Fais marcher tes petites cellules grises, Rémi ! Celui qui a pris le passe dans le bureau du surveillant n'est autre que notre visiteur nocturne !

— D'accord, fis-je en haussant les épaules. Mais je ne vois pas en quoi ça nous avance.

Elle leva les yeux au ciel avec exaspération.

— Mais si ! Il suffit de savoir quelle personne extérieure à l'établissement a bien pu venir au collège, lundi ou mardi dernier dans la journée, pour découvrir qui est J. B.

— Le passe a pu être volé la nuit, objectai-je, histoire de ne pas m'avouer vaincu trop vite.

— Impossible. Les bureaux de l'administration sont fermés à clef la nuit. Et, de toute façon, j'imagine que Chopinot doit garder le passe sur lui pour ses rondes.

C'était bien raisonné. Mais comment savoir le nom des visiteurs de la semaine passée ?

— Est-ce que tu ne te rappelles rien, concernant lundi ou mardi dernier ? continua-t-elle.

J'eus beau me creuser la cervelle, je ne me souvenais de rien en particulier, sinon qu'on avait plus mal dîné qu'à l'ordinaire.

— On nous a servi une espèce de repas froid, parce que les cuisines étaient occupées pour un gala quelconque…

— Un gala ?

— Enfin, un dîner chic, quoi… Le banquet d'une Amicale machin-chose…

— Rémi, supplia-t-elle, essaie de te souvenir ! C'est peut-être très important !

— Comment veux-tu que je sache ? On nous avait cantonnés dans les dortoirs, avec interdiction d'en sortir. Philibert et moi, de la fenêtre, on envoyait des boulettes de mie de pain sur les gens qui arrivaient en cravate… Attends, si, maintenant ça me revient. C'était l'Amicale des anciens élèves, ou quelque chose comme ça. Il y a eu d'abord un discours du principal, dans la salle des fêtes, et puis un pot, je crois. J'ai vu M. Mollette charrier des caisses de boissons tout l'après-midi. Même qu'en sortant, Chopinot ne marchait pas très droit. « Il pousse sur la chopine, Chopinot ! » a dit Philibert. Ensuite, les huiles sont allées dîner. Je me souviens m'être fait la réflexion que la cantine était un drôle d'endroit pour un festin…

Mathilde exultait.

– Écoute ! Tout colle ! Les apparitions n'ont commencé qu'après ! Quelqu'un a profité de l'ivresse du surveillant pour lui subtiliser son passe afin de se promener librement dans le collège la nuit !

À ce moment-là, la sonnerie de reprise des cours retentit.

– La seule chose à faire, pour l'instant, est de tout raconter à M. Coruscant. Lui seul peut nous aider, lança Mathilde avant de s'enfuir.

Elle avait gym, et je ne la revis qu'au cours d'après.

La veine, cependant, m'avait définitivement tourné le dos. Tandis qu'on attendait devant la salle, Chopinot vint nous dire que le cours n'aurait pas lieu : M. Coruscant avait dérapé sur une plaque de verglas en sortant du collège et serait absent une bonne semaine. Avec lui, mon dernier recours s'envolait.

14
Mercredi aprèm'

D'habitude, j'aime bien le mercredi après-midi. Après le déjeuner, je vais au foot, avec l'Association sportive du collège, puis on a quartier libre jusqu'au soir. P. P., en général, va dîner chez son correspondant et, quelquefois, mon oncle Firmin vient me chercher pour aller au cinéma. On a l'impression qu'on a une éternité devant soi, avant que les cours ne reprennent, le jeudi matin. Dommage qu'il n'y ait pas plus de mercredis après-midi dans la semaine…

Cette fois-là, pourtant, fut un mauvais après-midi. L'entraînement de foot avait été annulé à cause du temps, j'étais consigné au collège et je vis partir les autres avec un drôle de pincement au cœur, comme les week-ends où ma mère est en déplacement et que je dois rester là.

Je fis un tour au club d'échecs mais je n'avais pas la tête au jeu, et Philibert en profita pour me manger une tour presque d'entrée. La pluie tombait sur les carreaux et le bahut désert était sinistre.

J'allai rôder un moment au foyer, cherchant un partenaire pour une partie de ping-pong, commençai un livre, allongé sur mon lit. La lecture n'est pas mon fort et je n'arrivais pas à me concentrer sur l'histoire. Les personnages portaient des noms anglais impossibles à retenir et l'héroïne, plutôt exaspérante, me rappelait la sœur de P. P., Rose-Lise de Culbert. C'est elle, la correspondante de P. P. depuis que ses parents sont partis au Venezuela. Le père de P. P. est dans les affaires, il voyage sans cesse à travers le monde. Ma mère aussi voyage pour ses affaires, mais en France : elle vend des encyclopédies pratiques, des livres de cuisine, *Élevez votre nourrisson* et des fiches-conseils pour les régimes.

Je suis allé dîner un soir avec P. P., chez sa sœur. C'était horrible : on a mangé de la soupe froide à l'avocat dans des bols chinois et joué au Scrabble toute la soirée. Je préfère encore aller chez mon oncle Firmin. On mange des pizzas en regardant la télé, il raconte des histoires drôles et on peut renverser son verre sur le tapis sans avoir l'impression d'avoir fait une gaffe diplomatique…

Si au moins j'avais pu voir P. P. et lui parler des idées de Mathilde… Mais il était coincé à l'infirmerie sous bonne garde, trop content sans doute d'échapper au dîner chez sa sœur.

Vers cinq heures, Chopinot vint me chercher. Ma mère m'appelait au téléphone. J'avais redouté cet instant depuis le début. Elle ne cria pas, mais ce fut pire. J'en ressortis avec un cafard noir. J'avais beau me défendre, dire que je n'y étais pour rien, elle ne faisait que répéter de sa voix triste qu'elle savait bien que ça arriverait un jour, que mes promesses n'étaient que de la blague, qu'elle était toute seule, sans personne pour l'aider, et que, si mon père était là, il aurait su, lui, ce qu'on pouvait bien encore faire de moi…

Mon père est parti quand j'avais trois ans. Je crois qu'il ne supportait pas les enfants, les cubes sur le tapis, ni qu'on escalade le canapé quand il lisait tranquillement son journal, le soir, après une dure journée de travail.

Quand j'ai raccroché, il faisait nuit dehors. Les premiers « quartiers libres » rentraient en rigolant et se poussant dans les escaliers.

– Eh ! Rémi, tu viens jouer aux cartes ?

Les lampes s'allumaient dans les boxes. Ça sentait le chien mouillé, avec tous les manteaux trempés de pluie qui gouttaient sur le sol, les chaussures qui voltigeaient en travers du couloir. Je me sentais loin d'eux, étrangement seul. Je pensais à ma mère. À sa voix, si lointaine dans l'écouteur. J'essayai de faire mes exercices d'anglais pour le lendemain mais je n'y comprenais rien. De toute façon, à quoi cela aurait-il servi ? Comme on l'avait annoncé à ma mère, je passerais en conseil de discipline le 12 ou le 13, probablement. Je n'en avais plus que pour une semaine.

Heureusement, peu avant la cloche du dîner, P. P. fit son apparition dans le dortoir, chargé d'une valise et des affaires qu'il avait emportées à l'infirmerie. Sa joue avait un peu désenflé. Cette fois, on aurait dit un cobaye qui a fait des provisions pour l'hiver.

– Libre ! dit-il en me serrant la main avec effusion. Mon état de santé n'étant plus alarmant, notre petite équipe se reforme. Content, non ?

Pour fêter cette bonne nouvelle il ouvrit le cadenas de son armoire et en tira une poignée de figues séchées, aussi racornies que si elles avaient connu Louis XIII. Généreusement, il m'en tendit une, grignotant la seconde en pétillant des yeux.

– As-tu vu Mathilde ? demanda-t-il. Je serais curieux de savoir ce qu'elle a pensé de notre expédition nocturne. J'espère que tu n'as pas profité de mon absence pour te faire mousser indûment !

Je haussai les épaules et résumai brièvement notre conversation du matin.

– Tiens, tiens ! J. B., notre rôdeur, serait donc un membre de l'Amicale des anciens élèves ? fit-il avec une moue dubitative. Pourquoi pas !

– À moins, ajoutai-je, que ce ne soit tout bonnement un élève du collège… Notre raisonnement tomberait à l'eau.

— Impossible, affirma P. P.

— Et pourquoi donc ?

— Pour la simple et bonne raison que je ne connais pas d'élève au collège qui soit chauve.

— Chauve ?

— Oui. Je l'ai vu le second soir. Oh ! pas complètement : juste une petite tonsure sur le sommet du crâne, comme les moines de notre livre d'histoire.

— Mais pourquoi ne l'as-tu pas dit plus tôt ? m'écriai-je.

— Je voulais garder un atout dans ma manche. Après tout, j'ai été le premier sur la piste. Sans moi, vous ne sauriez rien de votre visiteur.

— Et sans toi, je te le rappelle, je serais bien tranquille à l'heure qu'il est, au lieu d'être à moitié renvoyé et privé de sortie !

— Bah ! fit-il, péripéties que tout cela, quand nous aurons fait éclater la vérité au grand jour.

— Il ne faut pas qu'elle tarde à éclater, la vérité, lui dis-je. Sinon, c'est moi qui saute.

Mais c'était l'heure du dîner, et nous descendîmes en courant prendre nos places au réfectoire.

15

M. Coruscant à la rescousse

Le lendemain matin, pendant le cours d'anglais, mon voisin me passa un mot, griffonné sur une feuille de carnet.

– Rendez-vous à dix heures dans la cour. Nouvelles *très* importantes !

C'était signé M., et Mathilde, du deuxième rang, me fit de la main un petit signe d'intelligence.

Le cours me parut interminable. À la fin, Mme Breakfast, notre prof d'anglais, mit une cassette dans le vieux magnétophone du collège, et il nous fallut bramer en chœur une chanson british sur l'incendie de Londres.

J'ai une technique éprouvée pour ce genre de circonstances : je me contente d'ouvrir et de fermer la bouche en rythme, silencieusement, masqué par la voix de fausset de P. P. Cul-Vert qui tonitrue comme s'il était à lui tout seul les chœurs de l'armée russe au grand complet.

À la récré, enfin, nous pûmes rejoindre Mathilde sous le marronnier de la cour. À la manière dont elle se rongeait frénétiquement les ongles, je compris que c'était sérieux.

— J'ai vu M. Coruscant, annonça-t-elle triomphalement.

— Mais comment ? Est-ce qu'il ne s'est pas cassé la jambe ou quelque chose comme ça ?

— Je suis allée chez lui, coupa-t-elle, avec une boîte de chocolats fourrés qui m'a coûté toute ma semaine. J'ai dit que je venais prendre de ses nouvelles et lui présenter les vœux de bon rétablissement de toute la classe…

La duplicité des filles m'a toujours effaré, mais Mathilde les bat toutes. Elle est capable de mentir avec un aplomb vertigineux ! Moi, je me fais toujours prendre, j'ai les oreilles qui deviennent écarlates, les mains moites et le cœur qui saute dans tous les sens. Elle, elle vous regarde avec une telle innocence qu'elle fait passer les pires inventions comme des lettres à la poste…

— Il habite dans une drôle de vieille maison, avec des antiquités partout et de la vigne vierge qui grimpe jusqu'au toit. Le plus dur a été de le trouver. J'ai pris son adresse dans l'annuaire, mais ma mobylette est tombée en panne, à cause de la pluie, j'ai dû la pousser et je suis arrivée chez lui trempée comme une soupe.

— Abrège, dit P. P., vexé de n'avoir pas le premier rôle. Qu'as-tu appris ?

— J'y arrive. M. Coruscant m'a très gentiment reçue. Il m'a offert du thé en attendant que mon caban sèche un peu… Son bureau était couvert de livres et de papiers, avec des chats qui dormaient dessus. On a parlé de tout et de rien en grignotant des biscuits un peu mous, et puis, insensiblement, je l'ai amené à me parler de ses anciens élèves. Coup de chance : c'est lui le président de l'Amicale ! Il était au banquet, la semaine dernière. Vous savez comme il est : il suffit de le lancer et il parle pendant une heure sans s'arrêter…

Mathilde est une grande spécialiste de la chose. Quand un cours est particulièrement ennuyeux, elle pose une question qui n'a rien à voir avec le sujet. Le prof s'emballe, part dans des parenthèses qui n'en finissent plus, tout étonné d'être interrompu par la sonnerie et de ne pas avoir eu le temps d'achever la leçon du jour…

J'imaginais aisément comment elle avait procédé avec M. Coruscant, ses deux yeux innocents grands ouverts comme si elle s'était passionnée toute sa vie pour les mœurs des Hittites ou la production annuelle de blé dans le delta du Pô.

« Comme ce doit être amusant, ai-je dit, de savoir ce que sont devenus tous ses anciens élèves !

— N'est-ce pas ? a-t-il répondu. On a parfois de curieuses surprises. Tenez, à ce banquet, justement, j'ai retrouvé un charmant garçon que j'ai eu en classe il y a une dizaine d'années. Un élève brillant, bien qu'un peu fantasque. À l'époque, je m'occupais aussi du club d'archéologie du collège, et il en était un des membres les plus assidus. Si j'avais pu penser alors que nos chemins se croiseraient un jour à nouveau !

– Et comment s'appelait-il ? ai-je demandé, l'air de ne pas y toucher.

Il s'est gratté le crâne avec perplexité.

– Je vais vous faire une confidence, a-t-il dit, j'ai le plus grand mal à retenir le nom de mes élèves. Demandez-moi celui d'un pharaon de la VIe dynastie, il me revient aussitôt comme si nous avions dîné ensemble la veille ! Mais pour ce qui est des élèves... Attendez ! Ce garçon a publié il y a quelques années une intéressante petite plaquette sur l'histoire du collège. Je dois l'avoir quelque part... »

– Comme il était handicapé par son plâtre, je suis montée moi-même sur la petite échelle coulissante qui permet d'accéder aux derniers rayons de sa bibliothèque. Sans mentir, je n'ai jamais vu autant de livres et de poussière de toute ma vie ! J'éternuais sans cesse, mais, à la fin, j'ai fini par mettre la main dessus...

– Chut ! dis-je alors en saisissant le bras de Mathilde.

Eulalie Bontemps rôdait dans les parages, suçant un bâton de réglisse et regardant dans notre direction avec des airs de faux jeton.

Quand elle se vit repérée, elle s'éloigna rapidement.

– Ça va, dis-je, tu peux continuer.

Sans un mot, Mathilde fouilla dans son cartable et en sortit un livre qu'elle brandit victorieusement.

– M. Coruscant me l'a prêté, dit-elle. Regardez !

C'était un petit livre plutôt plat, avec, sur la couverture, une gravure représentant notre collège sous Mathusalem. Mais le plus intéressant n'était pas là : au-dessus du titre s'étalait en grosses lettres le nom de l'auteur, l'ancien élève de M. Coruscant, et je ne pus retenir un cri.

– Jacques Belette !

– J. B. ! beugla P. P. Cul-Vert comme un écho. J. B. pour Jacques Belette !

– Tout juste, dit Mathilde. Tout se recoupe : les initiales, la soirée des anciens élèves. Quoi de plus normal qu'une pioche, pour un archéologue ? Et puis, j'y pensais l'autre jour : il faut que le rôdeur connaisse bien le collège pour savoir où l'on peut faire le mur. Seul un ancien pouvait connaître la petite porte près de la bibliothèque.

— Chapeau, murmura P. P. Là, j'avoue humblement que tu me dépasses.

Mathilde en rougit de fierté. Moi aussi, elle
m'avait épaté.

— La clé du mystère doit se trouver dans ce
livre, dis-je. Il faut le lire le plus vite possible.

— Je m'en charge, dit P. P. en le faisant dispa-
raître sous son manteau. Après tout, je suis le
meilleur du collège en histoire, et…

— Et tu voudrais bien tirer la couverture à toi,
continuai-je à sa place.

— Je vais prétexter une rechute momentanée
pour me faire dispenser de latin, décréta-t-il. J'ai
cinq leçons d'avance sur la classe, de toute façon.

Je pourrai étudier ce petit livre le plus tranquillement du monde.

— C'est bien joli, dit Mathilde, mais avec mon équipée d'hier, je n'ai pas eu le temps de faire ma version. Peux-tu me passer la tienne, que je la recopie ?

— Franchement, ça m'embête, hésita P. P. Je suis tellement meilleur que toi, Mme Scipion s'apercevra aussitôt de la supercherie…

— P. P., menaçai-je, si tu ne veux pas que je te gondole l'autre joue, tu ferais mieux de passer ta copie à Mathilde. Nous lui devons tout de même bien ça !

— Bon, bon ! marmonna-t-il en s'exécutant. Je cède à l'intimidation physique.

P. P. Cul-Vert est tout sauf partageur. Il prête ses affaires avec autant de plaisir que s'il se faisait arracher une dent de sagesse. Le pire, c'est en maths : il échange ses services à tout l'internat contre rétribution, ce qui explique les quantités faramineuses de provisions qui s'entassent dans son armoire. Un exercice simple vaut un paquet de chewing-gum, les plus difficiles montent jusqu'à trois paquets, et un devoir entier coûte, au bas mot, une plaque de chocolat fourré et deux étuis de gâteaux secs. Comme il ne peut manger tout ça malgré sa goinfrerie légendaire, il revend aux internes les provisions qu'il leur a soutirées. Les veilles de devoir, son placard ressemble à un supermarché aux heures de pointe, en plus cher, naturellement, et sans Caddy pour tout porter…

Comme la récré s'achevait, Mathilde fila à son latin avec P. P. Dix minutes plus tard, il me rejoignait en permanence, feignant la douleur comme s'il avait été sainte Blandine devant les lions.

Abrités derrière nos cartables, nous pûmes tranquillement nous plonger dans le livre de Jacques Belette.

16
Le plan

La « plaquette » de Jacques Belette, comme disait M. Coruscant, comptait à peine une centaine de pages, avec des gravures montrant le collège à travers les siècles. Sur les premières où étaient figurés les bâtiments d'origine, on avait du mal à reconnaître notre vieux bahut. Mais, à mesure qu'on remontait le temps, on retrouvait peu à peu la galerie du premier étage, les deux ailes formant les dortoirs, et le toit pointu du clocher avec son horloge ronde comme un gros œil écarquillé.

C'était un peu comme regarder les photos d'enfance de ma grand-mère, dans le grand album qu'elle sortait, l'été, quand j'allais chez elle en vacances à la campagne. D'abord, je ne la reconnaissais pas sous ses habits de petite fille. Puis je reconnaissais son sourire, sa silhouette encore droite, la forme de son chignon avant qu'il ne blanchisse, surpris de retrouver ma grand-mère sous les traits d'une jeune fille en jupe de tennis qui lui tombait jusqu'aux chevilles…

Sauf, bien sûr, que le collège est bien plus vieux que ma grand-mère. D'après le livre de Jacques Belette, il avait été construit à la fin du XVIIᵉ siècle. L'une des gravures montrait devant le porche une espèce de mousquetaire à chaussettes montantes, armé d'un fusil et d'une fourche pour le poser. D'après le texte, c'était déjà une école : un collège religieux, où des jésuites en soutane faisaient parler latin aux enfants fortunés de la ville.

Après, l'histoire se compliquait. J'avais du mal à suivre, à cause de toutes les dates. À part Marignan, je n'en retiens jamais aucune, pas même l'anniversaire de ma mère. P. P. Cul-Vert, lui, connaît la date de la première dent d'Henri IV et il lisait à toute vitesse, mouillant son doigt pour tourner les pages avec un petit « slurp » exaspérant.

À un moment, il poussa un cri étouffé, pointant son index humide sur une note en bas de page. Quand il me passa le livre, chaque endroit

important était marqué d'une petite trace lui-
sante et légèrement dégoûtante comme de la
bave d'escargot.

À ce que je compris, le collège, à la Révolu-
tion, était devenu public. Les sans-culottes en
avaient chassé les prêtres et transformé les bâtiments : la chapelle, par exemple, reconvertie en
réfectoire, et qui nous servait aujourd'hui de
salle des fêtes.

Quant à la note qui l'avait fait sursauter, elle
disait ceci :

« Des documents désormais introuvables attestent l'existence d'une crypte sous l'ancienne chapelle. Celle-ci, murée par des travaux tardifs, aurait abrité le trésor de la congrégation. Voir plan en fin d'ouvrage. »

– Est-ce que tu saisis ? murmura P. P.

Et, comme je secouais la tête piteusement :

– Mais enfin, mon pauvre Pharamon ! C'est lumineux ! Jacques Belette est archéologue, non ? Et il entre la nuit dans le collège avec une pioche… Pour quoi faire, à ton avis ?

Il ne me laissa pas répondre. Quelquefois, P. P. Cul-Vert me prend vraiment pour un demeuré.

– Mais pour chercher la crypte, espèce d'âne phénoménal ! Réfléchis donc un peu, si ça n'est pas au-dessus de tes capacités naturelles. Jacques Belette veut s'emparer du trésor de la crypte et se le mettre dans la poche, ni vu ni connu…

– D'accord, dis-je un peu abasourdi. Mais que faire ?

– Élémentaire, mon cher Pharamon : trouver le trésor avant lui !

Chopinot leva un œil furieux par-dessus son bureau, forçant P. P. à poursuivre plus bas :

– Regarde. Voilà le plan des lieux. Ici, les salles sous la galerie. En dessous, des caves désaffectées.

Un petit escalier, aujourd'hui muré, permettait d'y accéder par une trappe. Et ce petit escalier, si je me repère bien, s'ouvre très exactement…

Cette fois-ci, ce fut à moi de m'exclamer :

— Dans la salle 20 ! Celle où M. Cornue a été attaqué !

— Tout juste, dit P. P. J'avais raison de parier qu'on ferait jaillir une étincelle d'intelligence en remuant le silex qui te sert de crâne… Jacques Belette sortait vraisemblablement de ses travaux nocturnes au sous-sol quand il a été surpris par le laborantin dans la salle de sciences-nat. Un pugilat s'est ensuivi et, sans la perspicacité du génial Pierre-Paul de Culbert, le coupable courrait encore.

— Il court encore, remarquai-je. Tout cela n'est peut-être qu'une nouvelle élucubration de ton petit cerveau dérangé. D'ailleurs, il y a un hic. Je ne vois pas d'escalier ouvrant dans la salle 20.

— C'est bien pour cela, répondit-il du tac au tac, qu'il faut que nous y entrions cette nuit.

— Cette nuit ? Tu es malade ! Tu te rends compte de ce que je risque dans ma position ?

— Tu risques encore plus gros en ne faisant rien. C'est le conseil de discipline et « couic », adieu Pharamon ! Oh ! bien sûr, je peux revenir sur mes déclarations. Mais le principal n'est pas fou. Il pensera que je cherche à couvrir un camarade, que je suis victime de mes mauvaises fréquentations… Non, je ne vois qu'une solution : trouver le trésor, démasquer Belette et faire triompher ton innocence à la face du monde.

Je déglutis difficilement. Naturellement, il avait raison. Mais si nous échouions ? Si nous étions découverts ? À cet instant, j'aurais voulu être à des années-lumière d'ici, sur une planète encore vierge où l'espèce des P. P. Cul-Vert n'aurait même pas été concevable.

17
Mathilde se fâche

— Non, non et trois fois non ! dit Mathilde un peu plus tard, quand P. P. l'eut mise au courant de nos projets. Vous ne pouvez pas y aller ce soir !

— Et pourquoi non ? Le temps presse !

— Parce que ce soir, j'ai mon gala de danse. Impossible de vous accompagner.

— De toute façon, dit P. P., il est hors de question que tu viennes. Il peut y avoir du danger, et une fille…

— Comment « une fille » ? Dis aussi que je vous gênerais !

Elle était ulcérée. Dans ces cas-là, le bout de son nez se pince et devient tout blanc, ses yeux jettent des éclairs et elle remue les doigts comme un chat sort ses griffes.

— Ce n'est pas ce qu'il veut dire, intervins-je courageusement. Si on surprenait une fille la nuit dans le collège, cela ferait un sacré grabuge. Et puis, comment entrerais-tu ?

– Par la gouttière, comme le rôdeur. Je suis plus souple que vous deux mis bout à bout. Au cas où tu l'aurais oublié, je suis première en gymnastique.

– Non, non, dis-je. C'est trop dangereux.

– Le principal ne badine pas avec la discipline, renchérit P. P. Tu serais renvoyée aussitôt.

– Et vous, alors ?

– Moi, c'est presque fait, je ne risque plus rien. Et puis, si l'on est pris, on racontera une histoire, que P. P. était malade, que je l'accompagnais à l'infirmerie…

– En passant par la salle de sciences-nat, pour lui greffer une molaire fossile de mammouth ?

Puis, comme elle nous voyait résolus :

– Bon, bon… Puisque c'est une conjuration, très bien, je n'insiste plus. Ne comptez pas sur moi pour vous supplier de m'admettre à vos côtés. Je suis tout juste bonne à passer mes après-midi sous la pluie, à pousser ma mobylette pour chercher à vous tirer d'affaire. Mais dès qu'il s'agit de découvrir un trésor, au revoir Mathilde, retourne à tes poupées ! Vous êtes bien des garçons, tiens !

D'un geste rageur, elle enfila les bretelles de son cartable en reniflant.

— En tout cas, ne comptez plus sur moi pour rien ! Finie la bonne copine toujours prête à se dévouer !

Elle me lança un regard noir et, tournant les talons, disparut à grandes enjambées.

— Les filles ! Les filles ! murmura P. P. en levant les yeux au ciel.

Je ne répondis pas. Je regardais Mathilde s'éloigner, avec son cartable ballottant dans son dos. Nous avions fait ça pour elle, bien sûr. Mais je perdais ma meilleure amie, et j'en avais gros sur le cœur.

18
Le revenant

Cette nuit-là, comme un fait exprès, il tombait des cordes. Le dîner expédié, nous nous étions couchés tout habillés, afin d'être prêts aussitôt que Chopinot serait endormi.

En passant la tête par le rideau du box, j'apercevais la lumière filtrant sous la porte de sa chambre, tout au bout du couloir. J'étouffais sous les couvertures avec mon blouson et mes grosses chaussettes de montagne ; mais le pion ne se décidait pas à éteindre, et nous l'entendîmes tousser et remuer jusqu'à minuit passé.

Enfin, tout fut silencieux. Tout, ou presque… Philibert ronflait triomphalement, et un petit sixième, de l'autre côté de l'allée centrale, marmottait dans son sommeil, rêvant dans la lueur bleutée que la veilleuse répandait au-dessus de la porte.

Sans bruit, j'allai secouer P. P., et nous nous glissâmes dehors.

— Qu'est-ce que c'est que ça ? chuchotai-je, tâtant sur le dos de P. P. un gros sac d'où s'échappait à chaque pas un cliquetis de casseroles entrechoquées.

Il mit un doigt sur ses lèvres :

— Chut ! Matériel d'exploration ultra-secret…

Du haut de la galerie, la cour noyée de pluie ressemblait à un vaste puits noir. On apercevait la lumière de la loge et, tout en haut, une fenêtre s'éteignit subitement dans les appartements du principal.

— Tout le monde dort, dis-je. On peut y aller.

Nous descendîmes à pas de loup l'escalier principal, longeâmes le réfectoire. Nous allions traverser le préau lorsque P. P. m'agrippa le bras :

— Rémi ! balbutia-t-il. Là, un revenant !

Nous n'eûmes que le temps de nous jeter dans l'ombre. Là-haut, sur la galerie, une tache rougeoyante se promenait toute seule au-dessus du vide.

— Qu'est-ce que c'est ? chevrota P. P.

Si je ne l'avais pas retenu, il aurait pris la poudre d'escampette. La lueur rouge avançait toujours. On aurait dit un feu follet (du moins

est-ce ainsi que je les imagine), un de ces trucs qu'on ne trouve que dans les livres et qui vous glacent le sang quand, par malheur, on tombe nez à nez dessus dans la réalité. Ça venait vers nous lentement, une tache de braise flottant dans la nuit, l'œil unique et phosphorescent d'un animal qui aurait rôdé en silence au-dessus de nos têtes et qui, maintenant, descendait l'escalier…

Où nous cacher sous ce grand préau vide ? P. P. tremblait comme une feuille, jetant autour de lui des regards éperdus. Le tirant par la manche, je l'entraînai au pas de course vers le seul abri possible : une sorte de grand paravent métallique, coupé à mi-hauteur, qui dissimule aux regards les toilettes des garçons... Nos jambes dépassaient en dessous, mais, avec la nuit d'encre qui régnait, nous avions une minuscule chance de passer inaperçus.

Je crois que je n'ai jamais entendu mon cœur battre aussi fort, de plus en plus fort à mesure que la chose approchait, émettant un ronflement proprement terrifiant. Soudain, des petits coups secs ébranlèrent le paravent métallique derrière lequel nous nous tenions, tandis que je reconnaissais le petit « clop-cataclop » tant redouté.

Ce n'était pas un revenant. C'était pire encore : M. Guillemet, le conseiller d'éducation, vidait tranquillement le fourneau de sa pipe à quelques centimètres de nos pieds...

Nous le vîmes s'éloigner, laissant flotter derrière lui l'odeur mielleuse de son tabac. En fait de feu follet, c'était le rougeoiement de sa pipe que nous avions aperçu !

À côté de moi, P. P. Cul-Vert parut se dégonfler

comme un ballon crevé. Nous l'avions échappé belle… La voix tremblotante, il bégaya :

— Je crois que je vais remonter me coucher. Dans mon état, il ne serait guère raisonnable de prendre trop de risques.

— Pas question ! dis-je en le rattrapant *in extremis* par le col. Maintenant qu'on y est, il faut continuer.

— Mais l'infirmière m'a défendu expressément de…

— Marche ! commandai-je.

Nous attendîmes cependant quelques instants avant de nous glisser vers la salle de sciences-nat. Question de prudence. Le temps, aussi, que mes jambes cessent de trembler. Mais je n'allais tout de même pas le montrer à P. P…

19
Le passage secret

– P. P., dis-je quand nous fûmes devant la porte, nous sommes de vrais ânes... Comment allons-nous entrer ?

– Attends, fit-il en farfouillant dans son sac. J'ai vu faire ça un jour, dans un film.

Il avait sorti une lime à ongles et il commença à fourrager dans la serrure comme s'il avait été Arsène Lupin lui-même à l'œuvre.

– Rien à faire, dit-il. Je ne dois pas avoir la bonne lime.

Il allait renoncer, quand, machinalement, je tournai la poignée : la porte s'ouvrit sans difficulté.

– C'est moi qui ai fait ça ? dit-il en contemplant sa lime avec incrédulité.

– Imbécile ! C'était ouvert.

Cette fois, nous étions à pied d'œuvre. Mais où

chercher ? À la lueur de la lampe de P. P., le spectacle était plutôt lugubre. Dans les vitrines, les squelettes de rongeurs sur leur socle se projetaient en ombres géantes contre les murs. Une planche anatomique pendait le long du tableau, représentant un homme debout à qui on aurait enlevé toute la peau. Un œil de bœuf, dans son bocal de formol, paraissait nous fixer, et même les plants de fèves, sur leur lit de coton, avaient un air sinistre.

Je frissonnai malgré moi. Déjà que je n'ai jamais aimé les sciences-nat ! Il y avait là de quoi m'en dégoûter à vie. P. P. Cul-Vert furetait dans les coins, explorant méticuleusement le sol à la recherche d'une trappe ou d'un passage quelconque pour gagner les caves.

— Pourtant, d'après le plan, ça devrait bien être là...

Par acquis de conscience, je déplaçai l'estrade, mais rien... Pas le moindre trou de souris. Par où le rôdeur passait-il donc chaque soir ?

Soudain, j'eus une inspiration. M'emparant de la lampe, j'ouvris le placard où M. Maillot range les éprouvettes et le matériel d'expériences.

Les étagères les plus basses avaient été enlevées. À la place, une demi-porte entrebâillée semblable à celles que l'on trouve dans les vieilles maisons, pour les caves à charbon, s'ouvrait vers les profondeurs. Nous avions trouvé !

Je ne pus m'empêcher d'entraîner P. P. dans une danse de Sioux endiablée. Depuis trois ans maintenant que j'étais au collège, j'avais été assis chaque semaine à quelques pas à peine d'un passage secret ! Combien étions-nous à en connaître l'existence, hormis le rôdeur, P. P. et moi ?

– Il n'a même pas eu le temps de refermer derrière lui, l'autre soir, constata P. P. Tu es sûr qu'il faut entrer là-dedans ?

À vrai dire, je n'en avais guère plus envie que lui. L'ennui, avec les passages secrets, c'est qu'ils sont toujours noirs, pleins de toiles d'araignées et de chauves-souris. On rêve d'en découvrir et, une fois au pied du mur, c'est un peu comme de soulever une grosse pierre, à la campagne : on ne sait jamais ce qu'on va trouver dessous.

Mais j'avais, pendue au-dessus du nez, la menace du conseil de discipline… Ça n'était vraiment pas le moment de se dégonfler. Empoignant fermement la lampe torche, je pris une grande goulée d'air et me glissai en tâtonnant à l'intérieur.

D'abord, je ne vis rien. Quelques marches de bois descendaient dans l'obscurité la plus complète. Ça sentait une odeur de renfermé et de champignons, comme dans la cave de ma tante Marcelline, quand elle m'envoie y chercher un bocal de cornichons. P. P. se tenait agrippé à moi et nous descendîmes lentement, toujours plus bas, jusqu'à ce qui semblait être une vaste pièce au sol cimenté.

Dans un coin, on devinait des caisses, abandonnées depuis longtemps à en juger par la couche de poussière qui s'y était accumulée. Au fond s'ouvrait une porte, une de ces grosses portes cloutées, arrondies du haut, comme on en trouve dans les prisons.

Elle aussi était ouverte, et nous pénétrâmes dans un long corridor étroit aux murs suintant d'humidité.

– Attends, dit P. P.

Il avait emporté le livre de Jacques Belette et tentait de se repérer sur le plan.

– Si je ne m'abuse, ce souterrain conduit dans la partie la plus ancienne des sous-sols.

Sa voix, répercutée par la pierre, résonna curieusement, comme s'il y avait eu plusieurs P. P. qui parlaient ensemble autour de moi.

– Il faut continuer, dit-il plus bas. Le souterrain fait un coude plus loin et se ramifie en plusieurs branches. Passe devant, je te suis.

P. P. Cul-Vert est plutôt du genre arrière-garde qu'avant-garde. Courageusement, je m'enfonçai le long du corridor, suivi comme mon ombre par P. P. dont le sac brimbalait bruyamment à chaque pas.

Comme il l'avait prédit, le couloir faisait un coude avant de déboucher sur un carrefour dont partaient, plus étroits encore, trois autres corridors. Lequel choisir ?

– Arrête de remuer ton sac, P. P. ! C'est exaspérant.

– Mais je ne bouge pas ! gémit-il.

Nous étions penchés tous les deux au-dessus du plan, immobiles, et pourtant le petit bruit continuait. Mon sang ne fit qu'un tour quand je réalisai : ce n'était pas le sac de P. P. qui cliquetait...

– Il y a quelqu'un d'autre dans le souterrain.

P. P. poussa un geignement terrifié :

– Mais qui donc ?

– Le rôdeur, bien sûr ! Qui crois-tu ? Il a dû revenir cette nuit encore.

P. P. se mit à balbutier :

– Il faut sortir d'ici ! Je ne veux pas mourir dans le noir ! Je ne suis encore qu'un enfant, promis à un avenir exceptionnel ! Il serait criminel de priver de moi la postérité en courant des risques inutiles…

– Pas question de revenir. Reste là si tu veux, moi je continue.

– Non, Rémi, ne me laisse pas !

– Alors, la ferme et suis-moi !

P. P. commençait vraiment à me fatiguer avec sa pétoche. Mais s'il n'avait pas été là, si je n'avais pas dû le secouer, je crois que, moi aussi, j'aurais pris mes jambes à mon cou.

Nous prîmes donc le couloir de droite, sans autre lumière que celle que je laissais prudemment filtrer à travers ma paume. Le bruit, là-bas, se faisait de plus en plus net. Mais qu'allions-nous faire ? Surpris en flagrant délit, le rôdeur risquait de se défendre. Je serrais dans ma poche le canif que j'avais eu la précaution d'emporter, un couteau suisse à six lames, avec un tire-bouchon et un tournevis, cadeau de mon oncle Firmin. Mais je ne m'étais encore jamais défendu avec un tire-bouchon pliant, et si les choses tournaient mal, il faudrait déguerpir au galop…

– Regarde, là-bas : une lumière !

Ce n'était encore qu'une lueur, tout au bout du souterrain. J'éteignis complètement ma torche et nous avançâmes à tâtons dans l'obscurité presque totale.

Combien de temps dura notre progression ? Je serais incapable de le dire.

Je sais seulement que, tout à coup, j'eus l'impression que le sol s'ouvrait sous moi.

Je basculai, tentai de me raccrocher à P. P. et ne fis que l'entraîner dans ma chute, envoyant rouler son sac dans un bruit de casseroles épouvantable.

Aussitôt, une violente lumière nous aveugla. Nous venions de nous jeter tête baissée entre les griffes du rôdeur.

20
Retrouvailles

— Rémi ! Pierre-Paul ! Vous m'avez fait une de ces peurs !

C'était Mathilde, emmitouflée dans son caban, avec des collants et des chaussons de danse roses qui dépassaient.

— Mais qu'est-ce que tu fais là ? Et ton gala ?

— Terminé, dit-elle en aidant P. P. à se relever. J'ai foncé jusqu'ici avec ma mobylette. Tu ne crois tout de même pas que j'allais vous laisser mettre la main tout seuls sur le trésor de la crypte !

J'aurais pu l'embrasser.

— C'est vraiment malin, maugréa P. P. Cul-Vert en massant son postérieur douillet. On n'a pas le droit de faire des peurs pareilles aux gens. J'ai bien failli me tuer en tombant.

— Mais comment as-tu fait pour trouver ton chemin ?

— J'ai étudié le plan, comme vous ! Il y a un autre exemplaire du livre de Jacques Belette à la bibliothèque. J'ai escaladé la gouttière (facile, avec des chaussons de danse !), me suis glissée dans la salle de sciences naturelles, et j'ai trouvé tout de suite le placard et le passage secret. Une chance encore que vous l'ayez laissé ouvert !

— Nous ? se récria P. P. Mais il était déjà ouvert quand nous sommes entrés !

— Mais alors… dit Mathilde en blêmissant. Qui a ouvert la porte du passage ?

À cet instant précis, des coups sourds ébranlèrent les murs. Quelqu'un tapait au loin, dans le souterrain.

– Le rôdeur ! articulai-je. Il est ici !

Les coups tombaient régulièrement, répercutés en écho le long des galeries où ils s'évanouissaient. Difficile, dans ces conditions, d'en repérer la provenance.

– Ce couloir est un cul-de-sac, dit Mathilde. La salle où nous sommes n'a pas d'issue, j'ai exploré chaque mur avant que vous n'arriviez sans trouver un seul passage.

Je dois dire que j'admirais plutôt son courage : seul, je ne me serais jamais risqué dans le souterrain. Elle l'avait fait, vexée peut-être que nous ayons semblé l'écarter.

Elle avait foncé, au mépris du danger, n'écoutant que son orgueil. Car les filles sont capables de tout quand on les pique au vif. Et si nous n'étions pas venus ? Si elle s'était retrouvée tout à coup face au rôdeur, seule à seul dans le souterrain ?

J'aimais mieux ne pas imaginer la suite. À trois, au moins, nous pouvions nous défendre s'il le fallait.

– Je ne vois qu'une chose à faire, dit P. P. qui, depuis un moment, étudiait le plan, sursautant à chaque coup de pioche.

– Et quoi donc ?

– Se restaurer un peu. Toutes ces émotions m'ont donné faim.

Et, joignant le geste à la parole, il tira de son sac un gros sandwich au saucisson dans lequel il mordit avec voracité.

– Pierre-Paul ! s'écria Mathilde avec accablement. Il est une heure du matin passé, nous sommes tous les trois au fond d'un souterrain, avec le rôdeur à portée de main, et tu ne penses qu'à manger !

– Oumpf ! répondit P. P. en s'empiffrant de plus belle.

– Mais comment fais-tu ?

– Ché crouvé la crompte.

– Quoi ? Tu as crevé la croûte ?

– Hon ! fit-il en secouant la tête, j'ai trouvé la crypte.

– Il est fou, dit Mathilde. C'est le délire des profondeurs.

Il faut dire que, dans le faisceau de la lampe de Mathilde, P. P. avait l'air d'un illuminé, d'un savant fou, avec ses lunettes qui montaient et descendaient au rythme de ses mâchoires en jetant des éclairs.

– Regardez, dit-il en me fourrant son sandwich dans les mains. D'après le plan, nous devons nous trouver juste sous la salle d'anglais. Je vous rappelle que la salle des fêtes est l'ancienne chapelle du collège. Or, où trouve-t-on les cryptes, en général ? Sous les lieux de culte. J'en déduis que la nôtre se trouve à l'aplomb de l'ancienne chapelle, donc ici.

Il pointa un endroit sur le plan puis dirigea le rayon de sa lampe sur le mur du fond.

— Oui, continua-t-il, très exactement ici. Rendue inaccessible par le murage des portes qu'on devine là, et là… Quant au rôdeur, inutile de se presser. S'il tape encore, c'est qu'il n'a toujours pas réussi à pénétrer dans la crypte. Attendons qu'il ait fini, puis nous utiliserons subrepticement le trou qu'il aura eu l'obligeance de faire pour nous.

— Mais comment le trouver dans ce dédale ?

— Rebroussons chemin, et essayons la galerie du milieu, décréta-t-il en reprenant son sandwich.

Je n'ai jamais su m'y prendre avec les plans, et l'idée que nous nous trouvions en ce moment sous la salle d'anglais rendait, je ne sais pas pourquoi, l'aventure plus excitante.

— Écoutez ! dit alors Mathilde. On n'entend plus rien.

Tous les trois, nous tendîmes l'oreille. Après le vacarme de la pioche, le silence paraissait quelque chose de lourd et d'un peu oppressant. Nous nous regardâmes sans un mot, l'oreille aux aguets.

– Ça y est, dit enfin Mathilde. Il a dû trouver la crypte.

– Dommage, dit P. P. Un si bon sandwich !

Il le remballa soigneusement, l'enfourna dans son sac et nous reprîmes la galerie.

21
Dans la crypte

Nous marchions l'un derrière l'autre, en file indienne. J'ouvrais la marche, braquant au sol le rayon de la torche. Derrière, Mathilde, puis P. P. en arrière-garde. Nous fîmes ainsi à rebours le chemin jusqu'au lieu où se ramifiaient les galeries ; puis, après une seconde d'hésitation, je m'engouffrai dans celle du milieu, le cœur battant plus fort à chaque pas.

P. P. avait sans doute raison : à quelques éraflures fraîches sur la pierre des murs, on devinait que quelqu'un était passé par là récemment. C'était la signature de Jacques Belette.

À un moment, le plafond de la galerie s'abaissa brusquement. Une volée de marches descendait à l'oblique. Je m'y engageai prudemment, n'osant éclairer trop loin de peur d'éveiller l'attention de notre rôdeur.

Au pied de l'escalier, la galerie s'arrêtait sur un nouveau mur. Mais, cette fois, une main humaine avait creusé la pierre, pratiquant un trou béant à la base du mur.

– Jamais je ne pourrai passer là-dedans ! gémit P. P.

Mathilde le fit taire d'une petite tape. Derrière le trou, il y avait Jacques Belette. Ce n'était vraiment pas le moment de nous faire repérer. Avant de me glisser dans l'ouverture, je sentis un frisson me parcourir le dos. Et s'il attendait, de l'autre côté, pour nous assommer un à un comme de vulgaires anguilles ?

Le trou n'était pas large, et je dus jouer des épaules pour passer. Mathilde, elle, souple comme un chat, s'en sortit sans même toucher la poussière des gravats qui jonchaient le sol.

Restait P. P. Gras comme il est, il pouvait à peine passer la tête, coincé au ras des épaules et gigotant comme un ver de terre.

– L'idiot ! murmura Mathilde. Il a gardé son sac à dos !

Il fallut pousser pour décoincer P. P. Le sac ôté, ce fut plus facile : au prix de quelques contorsions, il fut de l'autre côté, essoufflé et plus rouge que s'il était passé dans un presse-purée.

– La crypte ! murmura-t-il avec extase.

La pièce où nous venions de déboucher ressemblait à la cathédrale de Chartres en miniature. Une lanterne posée dans un coin baignait les piliers d'une lueur bleue d'aquarium, jetant sur les plafonds voûtés des ombres tremblotantes.

Nous nous étions dissimulés derrière un pilier, tâchant de nous repérer sur le plan. À ce que je pus deviner, nous nous trouvions dans une petite allée latérale.

– Bon sang ! Regardez ! dit alors P. P. Cul-Vert, la voix déformée par la terreur.

Derrière nous, une forme humaine était allongée, drapée dans une longue robe blanchie par la poussière.

– Des tombeaux ! Les tombeaux des premiers moines ! fit P. P. Cul-Vert sans plus se contenir.

Le long des murs, une rangée de statues qui semblaient dormir, couchées sur de lourds cercueils de pierre. On aurait dit un dortoir de gisants, reposant là depuis des siècles. Et nous étions les premiers à les découvrir, dans la nuit et la poussière, là où personne n'aurait songé à les déranger.

Nous restions là, bouche bée, pétrifiés par ce lugubre spectacle. J'avais déjà vu semblables

tombeaux dans mon livre d'histoire. Mais se trouver nez à nez avec tous ces moines aux mains jointes me donnait la chair de poule. P. P. Cul-Vert, surtout, ouvrait de grandes billes éberluées, la bouche en rond comme un poisson hors de l'eau.

— Les gardiens du trésor ! murmura-t-il dans un drôle de gloussement.

Je l'avais presque oublié, ce trésor. Or il fallait nous dépêcher si nous voulions empêcher Jacques Belette de s'en saisir.

– La lumière vient de là-bas, dit Mathilde en désignant le fond de la crypte. Approchons-nous sans bruit.

C'était plus facile à dire qu'à faire. Jacques Belette ne se laisserait sûrement pas impressionner par trois collégiens tremblant de peur !

Mais Mathilde s'était déjà engagée dans l'allée, progressant de pilier en pilier avec des précautions de Sioux. Soudain, elle s'arrêta net.

– Personne ! C'est incompréhensible !

La lanterne était posée à même le sol, dans une petite niche. Tout autour, des traces de pioche montraient qu'on avait creusé là. Mais il n'y avait pas plus de Jacques Belette dans la crypte que de bonnes notes sur mon dernier bulletin.

– Par où a-t-il bien pu passer ? J'étais pourtant sûr qu'il était entré là...

– Je crois que je vais éternuer, dit alors Mathilde.

Elle n'eut pas le temps de se boucher le nez. Ce fut pire qu'un éternuement : un bruit de bombe atomique tombant au milieu de la crypte.

– Au secours ! hurla P. P. surpris.

Alors, ce fut la panique. En me relevant précipitamment, je m'assommai à moitié contre le haut de la niche, lâchant la lanterne qui se brisa au sol. Au même instant, un bruit de cavalcade retentit dans le noir.

— Le rôdeur ! cria Mathilde. Il s'enfuit !

Affalé sur le sol, j'étais incapable d'un mouvement. Il me semblait qu'on était au 14 Juillet, sauf que c'était dans mon crâne qu'on venait de tirer le bouquet final.

— Il est là ! s'écria Mathilde. Je le tiens !

— Pitié, ne me tuez pas ! glapissait une autre voix.

Il y eut un bruit confus de bagarre, des gémissements. Bon sang ! on étranglait P. P. quelque part !

Au prix d'un violent effort, je parvins à me relever, trouvai la torche qui était tombée dans la poussièrc et me lançai vers la sortie en hurlant.

— Tiens bon, P. P. ! J'arrive !

Là-bas, deux corps enchevêtrés roulaient l'un sur l'autre. À ce spectacle, je faillis éclater de rire : trompée par l'obscurité, Mathilde avait sauté sur le dos de P. P. Cul-Vert et s'employait à lui labourer consciencieusement le visage.

Encore une chance que Mathilde se ronge les ongles ! Sans cela, je n'aurais pas donné cher de ce pauvre P. P. Cul-Vert.

– Elle est folle ! pleurnichait-il, cherchant à quatre pattes ses lunettes sur le sol.

– Mais aussi, protesta-t-elle, qu'est-ce que tu faisais à courir comme un dératé ?

– Je… j'allais chercher, euh… du secours…

– Tu t'enfuyais, oui ! s'indigna Mathilde. Courageux comme tu es, tu nous aurais laissés sans scrupule nous débrouiller tout seuls…

– En tout cas, dis-je, plus de peur que de mal.

– Tu en parles à ton aise, geignit P. P. en redressant les branches de ses lunettes. Cette furie m'a à moitié arraché les yeux. Faire ça à un convalescent…

– Ça n'est pas le moment de se chamailler. Jacques Belette est bel et bien parti. Si nous en profitions pour chercher le trésor ?

– Faites comme vous voulez, ronchonna P. P. Moi, je ne bouge plus de là.

– Très bien, décréta Mathilde. Libre à toi. Seulement, ne te plains pas quand les rats viendront te grignoter les doigts de pieds ! J'en ai vu trois gros qui se promenaient par ici.

– Des RATS ? hurla P. P. en sautant sur ses jambes. Ne m'abandonnez pas !

Nous commençâmes à fouiller méthodiquement la crypte. Au bout de l'allée centrale, se dressait un autel de bois vermoulu. Partout, sur les murs, des niches avaient autrefois abrité des statues. On devinait encore, par endroits, des traces de peinture dorée effacée par le temps. En fait de trésor, c'était plutôt maigre.

— Le livre de Jacques Belette parlait pourtant bien d'un trésor, bougonnait P. P.

J'avais imaginé des croix incrustées de pierreries, des ciboires précieux comme j'en avais vu un jour dans un film.

La seule chose qui brillait, à la place, c'étaient les yeux rouges des rats que nous voyions filer dans la lumière de la torche, arrachant chaque fois à Mathilde un petit cri dégoûté.

— Il faut nous rendre à l'évidence, finit-elle par dire. Nous ne trouverons rien.

L'aventure tournait à l'absurde. Il fallait bien l'avouer, nous revenions doublement bredouilles. Jacques Belette et le trésor s'étaient volatilisés.

Pour finir, ma lampe donnait des signes de faiblesse. J'eus beau taper dessus, elle clignota, s'éteignit une première fois, se ralluma timidement, puis s'éteignit à nouveau, cette fois pour de bon.

— Zut ! Plus de piles. La tienne, Mathilde, vite !

Elle fouilla dans sa poche et poussa un juron à son tour.

– Cassée ! Elle a dû se briser dans la bagarre.

Ça devenait sérieux. Comment sortir d'ici sans lumière ?

– Pas de panique, intervint P. P. Heureusement que ce vieux Pierre-Paul est là pour avoir des idées géniales… J'ai pris la précaution de marquer notre chemin avec mon marqueur fluo.

– Bravo, P. P. ! m'exclamai-je.

– On verra après pour les effusions, trancha Mathilde. Je n'ai aucune envie de passer la nuit là-dedans.

Nous rebroussâmes chemin dans la pénombre, éclairés par quelques allumettes qui me brûlaient les doigts. Ce fut plus simple dans la galerie. Les petites marques de P. P. brillaient sur les murs comme des aiguilles de montre fluorescentes. Nous progressions lentement, craignant à chaque instant de rencontrer sous la main quelque chose de répugnant, toile d'araignée, chauve-souris, ou pire encore.

Enfin, nous débouchâmes dans la première salle.

Plus que quelques marches, le passage, et ce serait la salle de sciences-nat.

C'était la première fois de ma vie que j'étais aussi heureux à la perspective de retrouver une

salle de classe. Seulement, j'eus beau m'arc-bou-
ter contre la porte et pousser de toutes mes forces,
celle-ci ne bougea pas d'un pouce.

– Catastrophe ! dis-je, en lâchant un juron
impossible à répéter ici. La porte est bloquée !

Nous étions faits comme des rats ! le rôdeur
nous avait enfermés dans les souterrains.

Nous eûmes beau cogner comme des fous, la
porte résistait.

– Rien à faire, dis-je, cédant au découragement. Il faut passer la nuit là et attendre le matin
pour qu'on nous délivre.

– Et qu'on me demande ce que je fabriquais
dans le collège à des heures pareilles ? Merci bien !

– Si tu as une autre solution à proposer…

Comme Mathilde ne répondait pas, je m'assis
avec accablement. Jacques Belette nous avait
roulés comme des débutants.

22
P. P. fait
de la corde à nœuds

— Réfléchissons, dit P. P. Il doit bien y avoir une autre sortie.

Comment la trouver dans le noir ? P. P. déballa le contenu de son sac à dos sur les marches, cherchant l'inspiration.

— Qu'est-ce que tu as là-dedans ? demandai-je avec irritation. Une scie électrique pour tronçonner la porte ?

— Un petit matériel d'urgence, répondit-il tranquillement. Boîtes de conserve en cas de fringale, corde à nœuds, mercurochrome, fusées de détresse fauchées sur le bateau de mon beau-frère, pastilles pour rendre l'eau potable…

— Une minute, coupai-je. Tu as bien dit des fusées de détresse ?

— Ce type est fou, marmonna Mathilde qui commençait à avoir froid dans sa tenue de danse.

— J'ai une idée, continuai-je.

Prenant une des fusées de P. P., je descendis précautionneusement dans la salle, l'ouvris avec mon canif et répandis la poudre en un petit tas sur le sol.

Puis, tirant de la boîte les dernières allumettes, j'en craquai une prudemment.

— Tu es sûr que ça ne va pas nous éclater à la figure ? demanda P. P. en se recroquevillant sur la plus haute marche.

— Aucune idée, dis-je, et je lançai l'allumette.

La poudre s'embrasa aussitôt en un petit « flop » inoffensif, jetant sur les murs de la salle une splendide lueur rouge d'incendie.

— Là-haut ! cria alors Mathilde. Une trappe !

En effet, on apercevait dans un coin du plafond la découpe carrée d'une trappe, trop haut cependant pour que nous puissions l'atteindre.

Je dus utiliser une seconde fusée, la dernière de P. P. tandis que nous poussions sous la trappe les caisses abandonnées que nous avions repérées en entrant. À peine avions-nous terminé, que la poudre s'éteignit dans un petit grésillement…

Je grimpai sur la caisse : trop haut encore.

— Il n'y a qu'une chose à faire, P. P. : faire la courte échelle à Mathilde.

Il se hissa en maugréant à mes côtés sur les caisses branlantes. Là, dans le noir le plus complet, j'empoignai Mathilde qui put grimper sur nos épaules, non sans avoir écrasé le nez de ce pauvre P. P. avec les pointes de ses chaussons de danse.

– Ça bouge ! lança-t-elle. Encore un peu et…

– Vite, geignit P. P., je vais lâcher !

Mais Mathilde ne pesait déjà plus sur nos épaules. Elle avait réussi à repousser la lourde trappe et s'était glissée d'un rétablissement à l'intérieur.

– Que vois-tu ?

– Rien. Je suis dans une espèce de réduit qui sent le moisi.

– Bon, dis-je, je te rejoins. Encore un effort, P. P.

– Mais je n'y arriverai jamais !

Sans répondre, je lui montrai comment joindre ses mains devant lui en une espèce d'étrier, y glissai mon pied et sautai d'un élan.

Patatra ! P. P. glissa, tituba sur les caisses qui s'effondrèrent sous lui dans un bruit lugubre. Trop tard cependant : j'avais pu agripper les bords de la trappe et, tiré par Mathilde, me glisser à l'intérieur.

– Ça va, P. P. ? Rien de cassé ?

– Non, glapit-il. Mais ça ne sera pas grâce à vous si je ne me suis rien cassé cette nuit !

– Attends, dis-je. Envoie la corde à nœuds.

Voir P. P. sur une corde à nœuds dépasse l'imagination : incapable de grimper, il s'y cramponne comme si sa vie en dépendait, refusant de monter et de descendre, et il faut toute la persuasion du prof de gym (en général une bonne paire de claques) pour le convaincre de la lâcher.

Heureusement, l'obscurité épargnait à Mathilde un aussi lamentable spectacle. Nous dûmes cependant le tirer comme un poids mort jusqu'en haut, tandis qu'à moitié mourant, il poussait des piaillements de cochon à l'abattoir.

– Je ne suis pas lourd, protesta-t-il. C'est seulement que mes poches sont pleines…

Quant à moi, je n'en pouvais plus. C'était un peu trop pour une seule nuit. Mathilde referma la trappe et, à tâtons, elle entreprit d'examiner les lieux.

Nous étions bien dans un réduit, un vaste placard sans lumière où étaient entreposés des seaux et des balais. Il y avait une porte et, cette fois, elle s'ouvrit sans difficulté sur un entresol qu'éclairait l'une des chères vieilles veilleuses de notre brave bahut.

– Mais où sommes-nous ? interrogea Mathilde.

Je n'en avais aucune idée. Une porte s'ouvrait sur la gauche. En face, un escalier montait vers les étages. Je ne m'étais jamais aventuré dans cette partie du collège et j'aurais été bien en peine de dire où nous étions.

– Essayons la porte, dit P. P. J'en ai marre de monter et de descendre.

Il glissa son œil par la serrure et, m'attrapant par la manche, lança :

– La voie est libre. Rémi et moi partons en éclaireurs.

Et, d'un geste décidé, nous ouvrîmes la porte.

– Tiens donc ! dit alors une voix. Entrez, messieurs, entrez ! La petite fête sera complète !

23
Dans la gueule du loup

– Monsieur le principal ! bégaya P. P. Laissez-moi vous expliquer… Il s'agit d'un affreux malentendu !

Nous devions avoir fière allure tous les deux, clignant des yeux comme deux taupes dans ce bureau illuminé, avec nos vêtements noircis de poussière. En face, le spectacle ne valait guère mieux. Le principal en robe de chambre avait les cheveux dressés sur la tête comme s'il était tombé du lit. À ses côtés, M. Guillemet mâchonnait sa pipe éteinte, flanqué de Chopinot qui bâillait à s'en décrocher la mâchoire.

– Un malentendu ? s'étrangla le principal. En vingt ans de carrière, je n'ai encore jamais vu ça ! Et naturellement, Pharamon est de la partie !

J'essayais de me faire tout petit dans mon coin tandis que P. P., bravement, bredouillait des explications.

— Je reconnais que les apparences sont contre nous, mais…

— Les apparences ? rugit le principal en tirant frénétiquement sur son col de pyjama. Me prenez-vous pour un imbécile ?

— Oui, monsieur. Enfin, je veux dire : non, monsieur le principal.

— Une apparence, ces polochons glissés sous les draps pour faire croire que vous dormiez ? Tout mon personnel debout, des pensionnaires qui rôdent dans l'établissement à trois heures passées, et vous parlez d'*apparences*, de Culbert ?

Il avait tourné au rouge brique, se hissant sur la pointe des pieds comme s'il était sur le point d'exploser.

– Dites-moi que je rêve, que tout ceci n'est qu'un horrible cauchemar ! Vous, de Culbert, l'espoir de cet établissement, faisant le mur comme un vulgaire maraudeur !

Il en bégayait de rage, arpentant le bureau en faisant claquer ses mules, le visage congestionné et faisant de grands moulinets avec les bras.

– On agresse mes gens, des étrangers entrent dans le collège comme dans un moulin, mes élèves se promènent la nuit dans les caves, et M. de Culbert, avec un aplomb proprement sidérant, prétend qu'il peut tout expliquer !

Je remarquai qu'il n'avait pas parlé de Mathilde. Avait-elle pu s'échapper ?

– Nous ne nous promenions pas, monsieur le principal, précisa P. P. Pour tout vous dire, nous cherchions un trésor.

– Voyez-vous ça ! Un trésor, dans les caves du collège ! Décidément, j'aurai tout entendu cette nuit ! D'abord ce monsieur qui se prétend un ancien élève, puis les fariboles de deux illuminés crottés comme des ramoneurs !

C'est alors que je remarquai, tassé dans un

fauteuil, un petit homme à demi chauve, au visage chiffonné, qui écoutait en silence.

– Oh ! parce que nous tenons votre complice, continua le principal. Monsieur Belette, ici présent, dont j'attends les explications, et qui, sans la vigilance de M. Guillemet, serait loin à l'heure qu'il est…

– Jacques Belette ?

Nous nous étions exclamés d'une seule voix. C'était donc ça, le rôdeur, ce petit homme à l'air traqué qui nous observait sans rien dire ?

– Vous voyez ! tonna le principal. Vous reconnaissez votre complice !

– Mais c'est lui qui a attaqué M. Cornue ! criai-je. C'est lui qui a pris le trésor !

Sans réfléchir, je m'étais jeté sur le sac que l'homme tenait sur ses genoux, je le lui arrachai et le tendis triomphalement au principal.

– Tenez, regardez !

Mais en fait de trésor, le sac ne contenait qu'une pioche, celle que nous avions trouvée dans les massifs, le premier soir…

– Plus un mot, Pharamon ! lança le principal d'une voix cinglante. Vous vous enfoncez un peu plus chaque fois.

Puis, se tournant vers le surveillant, d'une voix qu'il voulait plus calme :

– Chopinot, ordonna-t-il, conduisez-moi ces deux olibrius au dortoir et veillez à ce qu'ils y restent jusqu'au matin sans autre histoire. J'attends ces messieurs de la maréchaussée qui escorteront M. Belette en un lieu où il sera bien obligé de s'expliquer. Quant à vous deux, dit-il en nous montrant du doigt, vous ne perdez rien pour attendre ! Je m'étonne en tout cas que d'aussi hardis explorateurs n'aient pas su qu'on accède directement de ce bureau aux appartements par la petite porte que vous avez franchie. Cela vous aurait évité de vous jeter ainsi dans la gueule du loup.

Nous quittâmes le bureau la tête basse. L'orage

était passé. Mais à côté de celui que nous allions devoir subir demain, ce n'était qu'un coup de tabac sans importance. Heureusement que Mathilde avait pu s'en tirer ! Pour ma part, j'étais cuit. Définitivement cuit.

24
Le conseil de discipline

L'accueil, au dortoir, fut triomphal. Tout le monde voulait des détails sur notre équipée, le trésor de la crypte et nos démêlés avec le rôdeur. P. P. plastronnait bien un peu, comme à son habitude, mais le cœur n'y était pas. Il était quatre heures du matin, nous revenions sans le trésor et jamais le principal ne voudrait croire un mot de notre histoire. En me glissant dans les draps, l'idée me vint que c'était sans doute la dernière fois que je couchais ici. Les émotions de la nuit m'avaient brisé. Quant à la journée de demain elle s'annonçait redoutable !

Heureusement, je n'eus pas le temps de trop y penser. J'avais à peine posé la tête sur l'oreiller que je m'endormis comme une souche.

Ce n'est que vers dix heures, le lendemain, que je fus convoqué chez le principal. P. P., dès le petit déjeuner, s'était fait conduire à l'infirmerie. Sa joue avait doublé de volume mais, je ne sais pourquoi, son absence me parut une sorte de désertion. Et Mathilde ? Qu'était-elle devenue ? J'agitais ces sombres pensées quand la porte du bureau s'ouvrit. Chopinot, d'un geste théâtral, m'ordonna d'entrer et referma doucement derrière moi. Cette fois, l'heure H avait bel et bien sonné.

Il y avait là, outre M. Courtejambe, le conseiller d'éducation et M. Coruscant, notre professeur principal, assis en arc de cercle et la mine grave.

– Entrez, Pharamon, lança le directeur.

Il avait sa voix des mauvais jours, glaciale et sèche.

À sa droite, M. Coruscant fronçait les sourcils, la jambe prise dans un plâtre et s'appuyant avec sévérité sur une canne de marche. En d'autres circonstances, sa présence m'aurait un peu rassuré. Mais son visage fermé ne trahissait rien, et je n'avais apparemment aucun secours à attendre de sa part.

– Je vous avais promis, il y a quelques jours, de réunir à votre intention le conseil de discipline, commença le principal. Je crois, Pharamon, qu'il est grand temps aujourd'hui qu'il se tienne.

Je devais être à peu près aussi blanc que le plâtre de M. Coruscant. Le principal se gratta la gorge avant de continuer :

— Cependant, compte tenu des circonstances, je n'ai pas cru bon de lui donner un caractère trop formel… Sachez tout d'abord, jeune homme, que M. Belette a fait cette nuit des aveux complets,

vous blanchissant des charges qui pesaient contre vous. Il a reconnu être l'auteur de l'agression contre M. Cornue, lequel l'avait surpris à l'instant où il sortait des caves.

Il tapota la pointe de son crayon avant de poursuivre, les yeux levés vers le plafond :

– Comme vous le savez sans doute, Jacques Belette s'intéresse depuis de nombreuses années déjà à l'histoire de notre établissement. Membre de l'Amicale des anciens élèves, il se trouvait au dernier banquet quand j'ai annoncé, entre autres projets, la construction prochaine d'un nouveau gymnase. En creusant les fondations, nous serions fatalement tombés sur cette fameuse crypte dont il avait fait son cheval de bataille, le privant d'une découverte qui devait, pensait-il, asseoir sa renommée archéologique. Il se décida donc à agir nuitamment, à l'insu de tous. Familier des lieux, il n'eut aucun mal à se glisser dans l'établissement, trouva l'accès aux caves et entreprit les fouilles au milieu desquelles vous l'avez surpris. Nanti d'un passe volé à l'un de nos surveillants, il circulait en toute impunité dans le collège. Je n'ose imaginer à quelles extrémités il aurait pu en venir sans votre euh... intervention de la nuit passée...

Était-ce une illusion ? À cet instant précis, je crus voir M. Coruscant m'adresser un clin d'œil.

— Les événements, cependant, auraient pu très mal tourner. Se sentant pris, Jacques Belette profita d'un instant d'inattention pour vous fausser compagnie dans la crypte, bien décidé à ce que vous ne puissiez jamais ressortir des sous-sols et témoigner contre lui. Sans votre débrouillardise, c'est deux cadavres de plus que la crypte aurait abrités !

À ces mots, un frisson rétrospectif me parcourut l'échine. Mais il avait dit « deux » cadavres. Se pouvait-il que Mathilde ait pu s'échapper ?

— Et le trésor ? me risquai-je à murmurer.

— Il n'a jamais existé que dans son imagination malade. Mais la crypte que vous avez aidé à découvrir est en soi un trésor archéologique de première importance. Nous vous devons, au jeune de Culbert et à vous, les remerciements du collège tout entier.

Cette fois, je n'avais pas rêvé : M. Coruscant m'adressa du pouce un petit signe de victoire qui me fit rougir jusqu'aux oreilles.

— C'est la raison pour laquelle, ajouta le principal, l'assemblée ici présente a décidé de fermer les yeux sur les méthodes plutôt contestables qui ont été les vôtres. J'ose espérer cependant, qu'à l'avenir vous voudrez bien respecter avec plus de scrupules le règlement intérieur de la maison.

J'acquiesçai humblement de la tête. La tournure que prenaient les événements me dépassait un peu, je dois bien le dire. En tout cas, après les frayeurs de la nuit passée, il s'en faudrait de longtemps avant qu'on me reprenne hors de mon lit !

— Eh bien ! puisque tout est dit, conclut M. Courtejambe, il ne me reste plus qu'à vous rendre votre liberté. Les compositions de fin de trimestre approchent : je pense que vous aurez à cœur de vous y consacrer avec la plus grande ardeur.

Puis, pour marquer la fin de l'entretien, il me serra cérémonieusement la main avant de me raccompagner jusqu'à la porte.

C'était fini ! Je pensai aux cris de joie de ma mère quand je lui apprendrais la nouvelle, et c'était mieux que toutes les cryptes et tous les trésors du monde.

Dehors, une autre surprise m'attendait. Mathilde et Pierre-Paul m'accueillirent en hurlant comme des Sioux.

— Mais que fais-tu là ? m'exclamai-je. J'étais mort de trouille pour toi !

— Je n'ai eu que le temps de me jeter dans

l'ombre quand vous vous êtes fait prendre, expliqua Mathilde. Il y avait une autre porte, plus loin, qui donnait sur la rue. J'ai pu récupérer mon vélomoteur et rentrer chez moi sans encombre.

— Quant à moi, dit P. P., je vais beaucoup mieux, merci de t'en informer. Mathilde et moi avons une surprise pour toi.

— Oui, dit Mathilde en sortant un petit paquet de la poche de son caban. Je crois que c'était ton anniversaire l'autre semaine. Alors, tiens. J'ai fait le paquet moi-même. J'espère que ça te plaira. C'est pour remplacer l'autre.

Le paquet qu'elle me tendit abritait une superbe lampe torche étanche, mille fois plus belle que celle que j'avais perdue dans la salle de sciences-nat.

— C'est trop gentil, bredouillai-je. Je ne sais vraiment pas quoi dire.

— Bah ! dit P. P., tu ne pourras jamais trop me remercier. Grâce à moi, te voilà un héros.

Il ne croyait pas si bien dire. Eulalie Bontemps, mon ennemie personnelle, qui rôdait depuis quelque temps autour de nous, avait profité de l'émotion générale pour s'approcher.

— Bravo, Rémi, dit-elle en rosissant. Je veux être la première à te féliciter pour tes exploits.

Et, se penchant vers moi, elle m'embrassa sur la joue.

Je faillis en tomber à la renverse !

– Tu as rougi, remarqua Mathilde hilare. N'est-ce pas, Pierre-Paul, qu'il a rougi ?

– Oui, dit P. P. C'était le baiser de la belle à son preux chevalier triomphant !

Et tous deux s'enfuirent dans la cour en hurlant de rire tandis que je me lançais comme un fou à leur poursuite.

Table des matières

Jean-Philippe Arrou-Vignod

L'auteur

Jean-Philippe Arrou-Vignod est né à Bordeaux en 1958. Il a vécu successivement à Cherbourg, Toulon et Antibes, avant de se fixer en région parisienne. Après des études à l'École normale supérieure et une agrégation de lettres, il a été professeur de français en collège. Boulimique de lecture durant toute son enfance, il s'essaie très tôt à l'écriture et publie son premier roman en 1984 chez Gallimard. Lorsqu'il écrit pour les enfants, il se fie à ses souvenirs, avec le souci constant d'offrir à ses lecteurs des livres qu'il aurait aimé lire à leur âge. En 2006, il crée avec Olivier Tallec les personnages de la série Rita et Machin, aux éditions Gallimard Jeunesse.

Dans la collection Folio Junior, il a publié, entre autres, *L'Omelette au sucre*, *Le Camembert volant* et *La Soupe de poissons rouges*.

Serge Bloch

L'illustrateur

Serge Bloch vit à Paris. Après diverses tentatives pour apprendre à jouer d'un instrument de musique, il suit les conseils d'un ami et se penche sur une table à dessin. Le mauvais musicien se révèle un illustrateur de talent ! Serge Bloch se résume ainsi : « Comme tout illustrateur illustre, j'illustre. Je me suis frotté à la bande dessinée humoristique, je fais quelques albums, des livres de poche et je travaille beaucoup dans des journaux pour enfants. »

Retrouvez d'autres aventures
de **Mathilde, Rémi** et **P. P. Cul-Vert**

---

dans la série Enquête au collège

LE PROFESSEUR A DISPARU

folio n°558
junior

Rémi, Mathilde et Pierre-Paul Louis de Culbert – surnommé P. P. Cul-Vert – ont remporté le concours d'histoire organisé par leur ville. Le prix ? Il est inespéré : un séjour à Venise ! Ils seront accompagnés par leur professeur d'histoire, M. Coruscant. Mais, au cours du voyage, celui-ci disparaît mystérieusement…

P. P. CUL-VERT DÉTECTIVE PRIVÉ

folio n°701
junior

Un lugubre cottage en Angleterre, une hôtesse inquiétante, une duchesse dévalisée, un singulier spécialiste des poisons orientaux… Il n'en faut pas plus pour transformer un innocent séjour linguistique en une palpitante aventure.

SUR LA PISTE DE LA SALAMANDRE

folio junior n°753

Une chasse au trésor organisée par un journal, quelle aubaine pour Mathilde, Rémi et Pierre-Paul, spécialistes de l'aventure ! Eux qui redoutaient de s'ennuyer pendant les grandes vacances, les voilà lancés sur la piste d'une mystérieuse statuette… qui intéresse beaucoup de monde. Beaucoup trop ! Énigmes et dangers se succèdent sans répit…

P. P. ET LE MYSTÈRE DU LOCH NESS

folio junior n°870

Que signifie ce message en forme de S.O.S. et cette mystérieuse invitation de Pierre-Paul ? En route pour l'Écosse, Rémi et Mathilde s'interrogent. Quel danger menace P. P. ? Le rugissement d'un fauve au milieu de l'orage, un fracas de vaisselle brisée, des bruits de pas… Leur première nuit à Keays Castle n'a rien de rassurant. Où est donc passé leur ami ? L'incroyable énigme du monstre du Loch Ness sera-t-elle enfin élucidée ?

LE CLUB DES INVENTEURS

folio junior n°1083

Décidément, P. P. Cul-Vert n'est jamais à court d'idées. Sa dernière lubie ? Présenter un prototype de sa fabrication au grand concours du Club des inventeurs, qui rassemble les génies les plus créatifs de notre planète ! Mais l'ennemi rôde au manoir des Corneilles, bien décidé à s'emparer de cette mystérieuse invention. Pour la protéger, une seule solution : engager Mathilde et Rémi comme gardes du corps...

Mise en pages : Maryline Gatepaille

Loi n° 49-956 du 16 juillet 1949
sur les publications destinées à la jeunesse
ISBN : 978-2-07-061284-0
Numéro d'édition : 176231
Premier dépôt légal dans la même collection : juin 1991
Dépôt légal : avril 2010

Imprimé en Espagne par Novoprint (Barcelone)